A PACIÊNCIA
DA ARANHA

Andrea Camilleri

A PACIÊNCIA DA ARANHA

tradução de
JOANA ANGÉLICA D'ÁVILA MELO

EDITORA RECORD
RIO DE JANEIRO • SÃO PAULO
2011

```
CIP-Brasil. Catalogação-na-fonte
Sindicato Nacional dos Editores de Livros, RJ.
```

C19p   Camilleri, Andrea, 1925-
        A paciência da aranha / Andrea Camilleri; tradução Joana Angélica d'Ávila
        Melo. – Rio de Janeiro: Record, 2011.

        Tradução de: La pazienza del ragno
        ISBN 978-85-01-08661-7

        1. Romance italiano. I. Melo, Joana Angélica d'Ávila. II. Título.

10-1637   CDD: 853
                                                             CDU: 821.131.3-3

Título original em italiano:
La pazienza del ragno

Copyright © Sellerio Editore, Palermo, 2004

Ilustrações de miolo: Lelis

Editoração eletrônica: Abreu's System

Todos os direitos reservados. Proibida a reprodução, no todo ou em parte, através de quaisquer meios.

Direitos exclusivos de publicação em língua portuguesa somente para o Brasil adquiridos pela
EDITORA RECORD LTDA.
Rua Argentina 171 – Rio de Janeiro, RJ – 20921-380 – Tel.: 2585-2000
que se reserva a propriedade literária desta tradução

Impresso no Brasil

ISBN 978-85-01-08661-7

Seja um leitor preferencial Record.
Cadastre-se e receba informações sobre
nossos lançamentos e nossas promoções.

Atendimento e venda direta ao leitor:
mdireto@record.com.br ou (21) 2585-2002

EDITORA AFILIADA

CAPÍTULO 1

Acordou de chofre, suado, ofegante. Por alguns segundos não entendeu onde se encontrava; depois, a respiração leve e regular de Livia, adormecida ao seu lado, devolveu-o às dimensões conhecidas e tranquilizadoras. Estava no seu quarto, em Marinella. O que lhe interrompera o sono tinha sido uma fisgada, gélida como uma lâmina, no ferimento do ombro esquerdo. Não precisou consultar o relógio no criado-mudo para saber que eram 3h30: mais exatamente 3h27m40s. Isso vinha lhe acontecendo fazia vinte dias, tempo transcorrido após aquela noite em que Jamil Zarzis, traficante de criancinhas extracomunitárias, alvejara-o com um tiro, ferindo-o, e ele reagira matando-o; vinte dias, mas era como se o decurso do tempo houvesse empacado naquele momento preciso. Tac, fizera uma engrenagem naquela parte da sua cabeça onde se media a duração das horas e dos dias, tac, e desde então se estivesse dormindo ele acordava ou, ao contrário, se estivesse desperto havia como que uma misteriosa e imperceptível pausa nas imagens das coisas ao seu redor. Sabia muitíssimo bem que durante aquele duelo fulminante não lhe passara sequer pelo vestíbulo do cérebro a ideia de ver que horas eram, e no entanto, isso ele recordava muito bem, na fração de segundo em que a bala disparada por Jamil Zarzis lhe penetrava a carne, uma voz em seu interior, impessoal, uma voz feminina, um pouquinho metálica, como aquelas que a gente ouve nas estações ou nos supermercados, tinha dito: "3h2740s."

— *O senhor estava com o comissário?*
— *Sim, doutor.*
— *Como é o seu nome?*
— *Fazio, doutor.*
— *Há quanto tempo ele foi ferido?*
— *Bem, doutor, o conflito foi por volta das 3h30. Portanto, há pouco mais de meia hora. Doutor...*
— *Sim?*
— *É grave?*

Estava deitado sem se mexer, com os olhos fechados, e por isso todos acreditavam que, estando ele fora de si, podiam falar abertamente. Ele, porém, ouvia e compreendia tudo, sentia-se ao mesmo tempo desorientado e lúcido, só que lhe faltava a vontade de abrir a boca e responder por conta própria às perguntas do doutor. Via-se que as injeções recebidas para lhe evitar dores faziam efeito em todas as partes do seu corpo.

— *Ora, não diga besteira! Temos apenas que extrair a bala que ficou lá dentro.*
— *Ai, minha Nossa Senhora!*

— Não fique assim nervoso! É uma bobagem! Além do mais, não creio que tenha feito muito dano; o uso do braço, com alguns exercícios de reabilitação, voltará a cem por cento. Desculpe, mas por que o senhor continua tão preocupado?

— Pois é, doutor, dias atrás o comissário foi fazer uma inspeção sozinho e...

Também agora, como naquela ocasião, mantém os olhos fechados. Mas já não escuta as palavras, encobertas pelo barulho forte da ressaca. Deve estar ventando, a veneziana estremece inteira sob as lufadas, solta uma espécie de gemido. Ainda bem que está em convalescença, assim pode ficar embaixo das cobertas o tempo que quiser. Aliviado por esse pensamento, decide abrir os olhos, mas só uma frestinha.

Por que não escutava mais a voz de Fazio? Abriu os olhos em fissura. Os dois tinham se afastado um pouquinho do leito hospitalar, estavam junto da janela. Fazio falava e o doutor de jaleco branco escutava, sério. E de repente ele soube que não precisava ouvir as palavras para saber o que Fazio dizia ao doutor. Seu amigo Fazio, seu homem de confiança, estava traindo-o como Judas, evidentemente contava ao doutor o fato de ele ter ficado sem forças na praia, depois daquela grande dor no peito que lhe viera no mar... E agora, imagine os médicos ouvindo esta bela novidade! Antes de lhe removerem aquela maldita bala, iriam fazê-lo passar por maus pedaços, examiná-lo por dentro e por fora, esburacá-lo todo, arrancar-lhe a pele pedacinho por pedacinho para ver o que havia embaixo...

Seu quarto está como sempre. Não, não é verdade. Está diferente, mas continua o mesmo. Diferente porque agora, sobre a cômoda, estão coisas de Livia, a bolsa, as presilhas de cabelo, dois frasquinhos. E em cima da cadeira que fica do lado oposto há uma blusa e uma saia. E embora não o veja, ele sabe que em algum ponto próximo da cama há um par de pantufas cor-de-rosa. Então se enternece. Derrete-se, amolece por dentro, sente-se liquefeito. Faz vinte dias que lhe acontece esta novidade que ele não consegue remediar. A saber, que basta uma bobagem para levá-lo, traiçoeiramente, à beira da comoção. E ele se envergonha com essa situação de fragilidade emocional, encabula-se, é obrigado a elaborar complexas defesas para que os outros não percebam. Mas com Livia não, com ela não houve jeito. E Livia decidiu ajudá-lo, dar-lhe uma mãozinha tratando-o com certa dureza, não quer lhe oferecer pretextos para desmoronamentos. Mas é tudo inútil, porque até essa amorosa atitude de Livia o leva a um misto de comoção e contentamento. Porque está contente pelo fato de Livia gastar todas as suas férias para lhe dar assistência, e sabe que até a casa de Marinella está contente por Livia se encontrar lá. Desde quando ela veio, o quarto dele, visto à luz do sol, é como se tivesse as paredes pintadas de um branco luminoso. Já que ninguém está olhando, enxuga uma lágrima com a ponta do lençol.

Tudo branco, e naquele branco, só o moreno (antigamente era rosa? há quantos séculos?) de sua pele nua. É branca a sala onde estão fazendo seu eletrocardiograma. O doutor olha a longa tira de papel e balança a cabeça, dubitativo. Montalbano, aterrorizado, imagina que o gráfico que o médico está olhando é igualzinho, sem tirar nem pôr, ao registrado pelo sismógrafo durante o terremoto de Messina em 1908. Aconteceu-lhe vê-lo reproduzido numa revista de história: um emaranhado desesperado e insensato, como que desenhado por uma mão enlouquecida de pavor.

"Fui apanhado!", pensa. "Perceberam que meu coração funciona em corrente alternada, despirocado, e que eu tive no mínimo três infartos!"

Depois, entra no quarto um outro médico, também de jaleco branco. Olha a tira de papel, olha Montalbano, olha o colega.

— Vamos repetir — diz.

Talvez não creiam em seus próprios olhos, não entendam como um homem com aquele eletrocardiograma ainda pode estar num leito de hospital e não em cima de uma bancada de mármore do necrotério. Examinam a nova tira, desta vez com as cabeças bem próximas.

— Vamos fazer um telecardiograma — sentenciam, mais confusos do que nunca.

Montalbano gostaria de dizer a eles que, estando as coisas desse jeito, será melhor nem lhe extrair a bala. Que o deixem morrer em paz. Mas, puxa vida, nunca tratou de fazer testamento. A casa de Marinella, por exemplo, deve seguramente ficar para Livia, antes que se apresente algum primo de quarto grau reclamando direitos.

Pois é, porque de alguns anos para cá a casa de Marinella lhe pertence. Ele achava que jamais conseguiria comprá-la, era muita grana para seu salário, que só lhe permitia uma pequena poupança. Mas depois, o sócio do seu falecido pai lhe escrevera um dia dizendo que se dispunha a adquirir a cota paterna da vinícola, que valia uma cifra considerável. Assim, não só conseguira dinheiro para adquirir a casa, como também lhe restara um bom valor a guardar no banco. Para a velhice. E por conseguinte devia fazer testamento, já que se tornara, sem querer, um senhor com bens. Só que, depois de sair do hospital, ainda não se decidira a ir procurar o tabelião. Mas, no caso de finalmente resolver ir, a casa cabia a Livia, isso estava fora de discussão. Para François... aquele seu filho que não era seu filho, mas poderia ter sido, sabia muito bem o que deixar. Dinheiro para comprar um belo carro. Já via a cara indignada de Livia. Mas como? Vai mimá-lo assim? Sim senhora. Um filho que não é filho, mas que poderia (deveria?) ser, merece ser mimado bem mais do que um filho que é filho. Raciocínio torto que nem rabo de porco, certo, mas sempre raciocínio. E Catarella? Porque sem dúvida Catarella devia constar do seu testamento. O que deixar para ele? Livros, certamente não. Tentou se lembrar de uma velha canção de soldados alpinos que se chamava "O testamento do capitão", ou algo assim, mas não conseguiu. O relógio! Isso, deixaria a Catarella o relógio de seu pai, que o sócio lhe mandara. Assim, o agente se sentiria uma pessoa da família. O relógio era a única possibilidade.

Não consegue enxergar o relógio na sala onde estão fazendo o telecardiograma, porque diante dos seus olhos há uma espécie de véu acinzentado. Os dois médicos se ocupam em fitar uma espécie de televisor, atentíssimos, e de vez em quando movimentam um mouse.

Um deles, aquele que deveria operá-lo, chama-se Strazzera, Amedeo Strazzera. Desta vez, o que sai da máquina não é uma tirinha de papel, mas uma série de fotografias, ou algo semelhante. Os dois médicos olham, voltam a olhar e por fim suspiram como que extenuados por uma longuíssima caminhada. Strazzera se aproxima dele, enquanto o colega se instala numa cadeira, evidentemente branca, e encara o paciente com severidade. Depois se inclina para a frente. Montalbano pensa que agora o doutor lhe dirá:

"Pare de se fingir de vivo! Tome vergonha!"

Como dizia o poema?

"Il pover'uom, che non se n'era accorto, / andava combattendo ed era morto."*

Mas o médico não diz nada e começa a auscultá-lo com o estetoscópio. Como se já não o tivesse feito umas vinte vezes! No fim se reergue, encara o colega e pergunta:

— O que fazemos?

— Vou pedir a Di Bartolo que o examine — diz o outro.

---

* "O pobre homem, sem disso se dar conta, / seguia combatendo e estava morto." Versos do "Orlando furioso", de Ludovico Ariosto (1474-1533). (*N. da T.*)

Di Bartolo! Uma lenda. Montalbano o conhecera tempos antes. Agora era um velho mais que setentão, seco, barbicha branca que lhe dava uma cara de bode, incapaz de se adequar à convivência civil, às boas maneiras. Constava que certa vez dissera a um indivíduo conhecido como impiedoso usurário, depois de examiná-lo ao seu modo, que não tinha condições de diagnosticar nada porque não conseguira localizar o coração. E outra vez, a um sujeito a quem nunca vira antes e que estava tomando um café no bar: "Sabia que o senhor está tendo um infarto?" E o incrível era que o infarto havia acontecido imediatamente, talvez porque um luminar como Di Bartolo acabara de anunciá-lo. Mas por que aqueles dois queriam chamar Di Bartolo, se não havia mais nada a fazer? Talvez quisessem mostrar ao velho mestre o fenômeno que ele era, alguém que inexplicavelmente continuava sobrevivendo com um coração que parecia Dresden após o bombardeio pelos americanos.

Enquanto esperam, decidem levá-lo de volta ao quarto. Quando abrem a porta para fazer entrar a maca, ele escuta a voz de Livia que o chama, desesperada:

— Salvo! Salvo!

Não tem vontade de responder. Coitadinha! Ela havia chegado a Vigàta para passar uns dias com ele e encontrado esta bela surpresa.

— Mas que bela surpresa você me deu! — tinha dito Livia na véspera, quando, ao voltar do hospital de Montelusa após uma consulta de revisão, ele aparecera carregando um grande buquê de rosas. E de repente ela começara a chorar.

— Ora, não fique assim!

Também ele se contendo com dificuldade.

— Por que eu não deveria?

— Porque nunca ficou assim antes!

— E quando foi que, antes, você me trouxe um buquê de rosas?

Pousou-lhe a mão no flanco, de leve, para não acordá-la.

Havia esquecido, ou quando o conhecera não dera importância ao fato, que o professor Di Bartolo, além do aspecto, tinha também uma voz caprina.

— Bom-dia a todos — diz o velho num balido, acompanhado por uma dezena de doutores rigorosamente de jaleco branco que se acotovelam no quarto.

— Bom-dia — respondem todos, ou melhor, somente Montalbano, já que, quando o professor aparece na soleira, dentro do quarto só está ele.

O professor se aproxima do leito e o olha com interesse.

— Vejo com prazer que, apesar dos meus colegas, o senhor ainda é capaz de entendimento e volição.

Faz um gesto e ao seu lado aparece Strazzera, que lhe entrega os resultados dos exames. O professor mal olha a primeira folha e a lança sobre a cama, a segunda a mesma coisa, a terceira idem, a quarta também. Em poucos segundos, a cabeça e o torso de Montalbano desaparecem embaixo dos papéis. Por fim o comissário ouve a voz do professor, mas não pode vê-lo, porque as imagens do telecardiograma foram parar justamente em cima dos olhos:

— Posso saber por que vocês me chamaram?

O balido é um tanto irritado, evidentemente o bode está começando a se emputecer.

— Veja bem, professor — diz a voz hesitante de Strazzera —, o fato é que um dos agentes nos relatou que o comissário, alguns dias atrás, teve um sério episódio de...

De quê? Não conseguiu escutar Strazzera. Talvez ele esteja resumindo o capítulo ao ouvido de Di Bartolo. Capítulo? Capítulo de quê? Não é uma novela. Strazzera disse episódio. Mas também não se chama episódio um capítulo de seriado?

— Puxem ele para cima — ordena o professor.

Tiram-lhe os papéis de sobre o corpo, soerguem-no com delicadeza. Um círculo de médicos de branco ao redor do leito, em silêncio religioso. Di Bartolo começa a apoiar o estetoscópio, depois o desloca alguns centímetros, depois o desloca mais e se detém. Vendo a cara dele assim de perto, o comissário percebe que o professor faz um movimento contínuo com as mandíbulas, como se mascasse chicletes. De repente, compreende: ele está ruminando. Di Bartolo é um verdadeiro bode. Que já não se mexe há um tempão. Imóvel, ausculta. O que os ouvidos dele estão captando do que acontece no meu coração?, pergunta-se Montalbano. Desabamentos de prédios? Rachaduras que se abrem de uma hora para outra? Explosões subterrâneas? Di Bartolo ausculta interminavelmente, não se desloca um só milímetro do ponto que localizou. Mas não lhe dói a coluna, de tanto ficar inclinado assim? O comissário começa a transpirar de medo. Depois o professor se endireita.

— *Já chega.*

Deitam Montalbano de novo.

— *Em minha opinião* — *conclui o luminar* —, *vocês podem alvejá-lo com mais uns três ou quatro tiros e depois extrair os projéteis sem anestesia. O coração dele seguramente aguenta.*

E vai saindo, sem cumprimentar ninguém.

Dez minutos depois o comissário está na sala de cirurgia. Há uma luz branca e intensa. Um sujeito segura uma espécie de máscara e a pousa sobre o rosto dele.

— *Inspire profundamente* — *diz.*

Montalbano obedece. E não se lembra de mais nada.

"Por que será que ainda não inventaram", pergunta-se, "uma bombinha que você, quando não consegue pegar no sono, mete no nariz, aperta, sai um gás ou lá o que seja e você adormece na mesma hora?"

Seria prática, uma anestesia anti-insônia. Vem-lhe um ataque de sede. Ele se levanta, vai até a cozinha, pega uma garrafa de água mineral já aberta, enche um copo. E agora? Decide fazer um pouquinho de exercício com o braço, como lhe ensinou uma enfermeira especializada. Um, dois, três e quatro. Um, dois, três e quatro. O braço funciona bem, tão bem que ele pode tranquilamente dirigir o carro.

Strazzera acertou em cheio. Só que certas vezes o braço adormece, como acontece às pernas quando a gente fica muito tempo parado na mesma posição e sente que elas estão pinicando. Ou cheias de formigas. Bebe mais um copo d'água e volta para a cama. Ao senti-lo entrar sob as cobertas, Livia murmura alguma coisa, remexe-se e lhe vira as costas.

— *Água* — *suplica ele, abrindo os olhos.*

Livia lhe serve um copo e o faz beber segurando sua cabeça com uma das mãos atrás do pescoço. Depois põe o copo sobre o criado-mudo e desaparece do campo visual do comissário. Montalbano consegue se soerguer um pouco. Livia está de pé diante da janela e, ao lado dela, o doutor Strazzera, que está lhe falando baixinho. De repente ele escuta a risadinha leve de Livia. Mas como é espirituoso esse doutor Strazzera! E por que está tão grudado em Livia? E por que ela não sente o dever de se afastar um pouquinho? Pois eu vou mostrar a esses dois.

— *Água!* — *grita, enraivecido.*

Assustada, Livia tem um sobressalto.

— *Mas por que ele bebe tanto?* — *pergunta.*

— *Deve ser efeito da anestesia* — *diz Strazzera. E acrescenta:* — *Na verdade, Livia, a operação foi muito simples. E também eu fiz de um jeito que a cicatriz vai ficar praticamente invisível.*

Livia o encara com um sorriso agradecido que enfurece ainda mais o comissário.

Uma cicatriz invisível! Desse jeito, ele poderá se apresentar sem problemas no próximo concurso de Mister Músculos.

Por falar em músculo, ou lá o que seja. Desloca-se com sutileza, até fazer seu corpo aderir às costas de Livia, a qual parece apreciar esse contato, percebe-se pela espécie de gemido que ela solta dormindo.

Montalbano estende uma das mãos em concha e a pousa sobre um dos peitos dela. Como que por um reflexo condicionado, Livia põe sua mão sobre a dele. E, aqui, a operação se bloqueia. Porque Montalbano sabe muitíssimo bem que, se for adiante, Livia lhe imporá um *stop* imediato. Já aconteceu, na primeira noite depois que voltaram para Marinella.

— Não, Salvo. Nem pense nisso. Tenho medo que lhe faça mal.

— Ora, Livia, meu ferimento foi no ombro e não no...

— Não seja vulgar. Não entendeu? Eu não me sentiria à vontade, ficaria com medo de...

Mas o músculo, ou lá o que seja, não compreende esses temores. Não tem cérebro, não está afeito à meditação. Não escuta argumentos. E continua ali, inflado de raiva e de desejo.

Medo. Temor. É o que ele começa a sentir no segundo dia após a operação, quando, ali pelas 9 horas, a ferida começa a incomodá-lo bastante. Por que dói assim? Terão esquecido, como acontecia com frequência, um pedaço de gaze lá dentro? É capaz de não ser gaze, mas um bisturi de trinta centímetros. Livia logo percebe, e chama Strazzera, o qual se precipita, vai ver até que largou no meio uma cirurgia de coração aberto. Porque agora as coisas estavam assim: mal Livia chamava, Strazzera vinha correndo. O doutor diz que aquilo é absolutamente previsível, que não há motivo para Livia se alarmar. E mete uma injeção em Montalbano. Não se passam nem dez minutos e acontecem duas coisas. A primeira é que a dor começa a diminuir, a segunda é que Livia diz:

— Chegou o chefe de polícia.

E sai. Entram no quarto Bonetti-Alderighi e seu chefe de gabinete, o doutor Lattes, o qual tem as mãos em prece, como se estivesse diante do leito de um moribundo.

— Como vai, como vai? — pergunta o chefe.

— Como vai, como vai? — ecoa Lattes, com uma entonação de ladainha.

E o chefe de polícia fala. Só que Montalbano o escuta aos trancos, como se um forte vento levasse para longe as palavras que o outro diz.

— ...e por conseguinte propus seu nome para um solene encômio, como nunca se fez nenhum...

— ...nenhum... — repete Lattes.

"Parará-ti-pum, parará-ti-pum", faz uma vozinha dentro da cabeça de Montalbano.

Vento.

— ...enquanto o senhor não reassume, o doutor Augello...

"Oh! que belo, oh! que belo", faz a mesma vozinha dentro da cabeça.

Vento.

Olhos pestanejantes, que inexoravelmente se fecham.

E agora seus olhos estão pestanejando. Capaz que finalmente consiga adormecer. Assim, contra o corpo quente de Livia. Mas tem aquele saco de veneziana que continua gemendo a cada lufada.

O que fazer? Abrir a janela e fechar melhor a veneziana? Nem pensar, Livia seguramente acordaria. Talvez haja um jeito. Não custa nada tentar. Não procurar combater o lamento da veneziana, mas secundá-lo, englobá-lo no ritmo de sua respiração.

— Iiiih! — faz a veneziana.

— Iiiih! — faz ele, entre os dentes.

— Eeeeh! — faz a veneziana.

— Eeeeh! — ecoa ele.

Mas desta vez não controlou bem o volume da voz. Em segundos, Livia abriu os olhos e levantou-se a meio:

— Salvo! Está se sentindo mal?
— Por quê?
— Você estava gemendo!
— Deve ter sido durante o sono, desculpe. Durma.

Maldita janela!

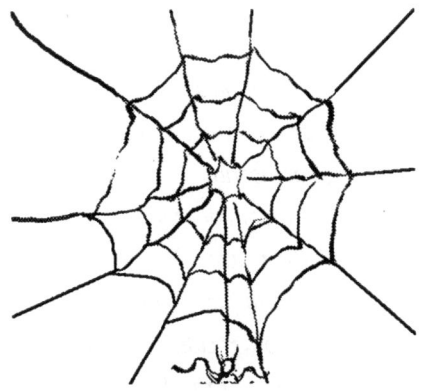

CAPÍTULO 2

Pela janela escancarada entrou uma violenta friagem. É sempre assim nos hospitais: te curam da apendicite e depois te matam de pneumonite. Ele está sentado numa poltrona, faltam apenas dois dias e depois poderá finalmente retornar a Marinella. Mas desde as 6 horas pelotões de mulheres se dedicam a limpar tudo, corredores, quartos, depósitos, a lustrar os vidros das janelas, as maçanetas, os leitos, as cadeiras. Parece que uma onda de loucura por limpeza invadiu tudo, trocam-se lençóis, fronhas, cobertas, o banheiro está tão brilhante que chega a ofuscar, entrar nele só com óculos de sol.

— Mas o que está acontecendo? — pergunta ele a uma enfermeira que veio ajudá-lo a se deitar de novo.

— Deve vir aí um figurão.

— Quem?

— Não sei.

— Mas escute, eu não posso continuar na poltrona?

— Não é permitido.

Pouco depois aparece Strazzera, que fica decepcionado ao não encontrar Livia.

— Talvez ela dê um pulinho aqui mais tarde — tranquiliza-o Montalbano.

Mas é uma sacanagem, ele disse aquele "talvez" apenas para deixar o doutor ansioso. Livia garantiu que viria com certeza, só que um pouco atrasada.

— Quem deve vir aqui?

— Petrotto. O subsecretário.

— Para fazer o quê?

— Congratular-se com o senhor.

Caralho! Era só o que faltava! O advogado e parlamentar Gianfranco Petrotto, agora subsecretário do Ministério do Interior, mas outrora condenado por corrupção, em outra vez por concussão, numa terceira, o crime estava prescrito. Ex-comunista, ex-socialista, hoje triunfalmente eleito pelo partido da maioria.

— O senhor não pode me dar uma injeção que me faça perder os sentidos por umas 3 horas? — suplica Montalbano a Strazzera.

O outro abre os braços e sai.

O ilustre advogado Gianfranco Petrotto se apresenta precedido por uma salva de palmas que ribomba corredor afora. Mas só deixa entrarem no quarto o governador, o chefe de polícia, o titular da equipe médica e um deputado do séquito.

— Os outros me esperem lá fora! — intima com um berro.

E começa a abrir e fechar a boca. Fala. E fala. E fala. Não sabe que Montalbano, tendo entupido os ouvidos com algodão hidrófilo até fazê-los estourar, não tem condições de escutar as besteiras que ele está dizendo.

Faz algum tempo que ele não escuta mais a gemedeira da veneziana. Mal tem tempo de olhar o relógio, 4h45, e finalmente adormece.

No sono, quase não percebeu o telefone que tocava sem parar.
Abriu um olho, espiou o relógio. Eram 6 horas. Tinha dormido apenas uma hora e 15 minutos. Levantou-se às pressas, queria interromper o triiiim-triiim antes que aquilo chegasse a Livia, mergulhada no sono. Pegou o fone.

— Dotô, será que eu acordei o senhor, dotô?
— Catarè, são 6 horas, em ponto.
— Na verdade o meu relógio dá 6h03.
— Ou seja, está um pouquinho adiantado.
— Tem certeza, dotô?
— Absoluta.
— Pois então eu atraso ele três minutos. Obrigado, dotô.
— De nada.

Catarella desligou, Montalbano também, e começou a voltar para o quarto. No meio do caminho, parou, xingando. Mas que porra de telefonema era aquele? Catarella o acordava de manhã cedo só para conferir se seu relógio estava certo? Naquele momento o telefone tocou de novo e o comissário foi rápido em levantar o fone ao primeiro triiim.

— Peço perdoança, dotô, mas a quistão de que hora é me fez esquecer de dizer o motivo do tilifonema pelo que o qual eu dei o dito tilifonema.
— Pode dizer.
— Parece que siquistraram a motoneta de uma mocinha.
— Roubaram ou sequestraram?
— Siquistraram, dotô.

Montalbano se enfureceu. Mas era obrigado a responder baixo, sem os berros que estava com vontade de dar.

— E você me acorda às 6 horas para me dizer que a polícia fiscal ou a Arma dei Carabinieri sequestrou uma motoneta? É a mim que você vem contar isso? Estou cagando pra sua permissão!

— Dotô, vossenhoria pra cagar não precisa da minha permissão — disse o outro, respeitosíssimo.

— E além do mais eu não voltei ao serviço, ainda estou em convalescença!

— Eu sei, dotô, mas quem fez o siquistro não foi nem a polícia fiscal nem a Bem-Amada.

— A Benemérita, Cataré. Quem foi, então?

— Aí é que tá o busílis, dotô. Não se sabe, não se conhece. Foi por isso mesmo que me mandaram tilifonar pra vossenhoria de pessoa pessoalmente.

— Fazio está aí?

— Não senhor, está no local.

— E o doutor Augello?

— Também foi pra lá.

— Mas então, quem ficou no comissariado?

— Provisoriamente eu tô responsável aqui, dotô. O sinhô e dotô Augello mandou eu ficar e eu fiquei.

Maria Santíssima! Um risco, um perigo a afastar o mais depressa possível, Catarella era capaz de desencadear um conflito nuclear partindo de um simples furto. Seria possível que Fazio e Augello tivessem se deslocado por causa do simples sequestro de uma motoneta? E também, por que mandavam procurá-lo?

— Me faça um favor, entre em contato com Fazio e peça que ele me ligue imediatamente para cá, em Marinella.

Desligou.

— Mas isto é um verdadeiro mercado! — disse uma voz às suas costas.

Virou-se. Era Livia, olhos faiscando de raiva. Para se levantar, em vez de pegar o robe havia vestido a camisa usada na véspera por Montalbano. O qual, ao vê-la assim, foi invadido pelo desejo de abraçá-la. Mas se conteve, sabia que de uma hora para outra deveria vir o telefonema de Fazio.

— Livia, por favor, o meu trabalho...
— Seu trabalho, você deveria exercer no comissariado. E só quando estiver em serviço.
— Tem razão, Livia. Por favor, volte para a cama.
— Mas que cama coisa nenhuma! Agora vocês já me acordaram! Vou à cozinha fazer o café — retrucou Livia.

O telefone tocou.

— Fazio, pode ter a bondade de me explicar que porra está acontecendo? — perguntou Montalbano aos gritos, já não eram necessárias precauções, Livia não só tinha acordado como também já estava puta.

— Não fale palavrões! — gritou Livia, lá da cozinha.
— Mas Catarella não disse ao senhor?
— Catarella não me disse porra nenhuma, ele...
— Vai parar ou não? — perguntou Livia.
— ...só me falou do sequestro de uma motoneta, um sequestro que não foi feito nem pelos *carabinieri* nem pela polícia fiscal. E por que caralho...
— Pare com isso, eu já mandei!
— ...vocês vêm me encher o saco? Vão verificar se foram os guardas urbanos!
— Não, doutor. O sequestro se refere no máximo à proprietária da motoneta.
— Não entendi.
— Doutor, houve um sequestro de pessoa.

Um sequestro de pessoa?! Em Vigàta?!

— Me explique onde é o lugar, estou indo praí — disse Montalbano, sem pensar.

— Doutor, é meio complicado chegar aqui. Daqui a uma hora no máximo, se lhe for conveniente, a viatura estará na sua porta. Assim, o senhor não se cansa dirigindo.

— Tudo bem.

Foi até a cozinha. Livia tinha colocado a cafeteira no fogo. E agora estava estendendo a toalha sobre a mesa da cozinha. Para alisá-la, precisou se debruçar toda, e a camisa do comissário que ela vestia ficou curta demais.

Montalbano não conseguiu se conter. Deu dois passos à frente e abraçou-a por trás, bem apertado.

— Mas o que deu em você? — chiou Livia. — Vamos, me largue! O que você quer fazer?

— Tente adivinhar.

— Mas pode lhe fazer m...

O café subiu. Ninguém apagou o fogo. O café borbulhou. O fogo continuou aceso. O café começou a ferver. Ninguém se preocupou. O café saiu da máquina e se derramou, apagando o bico de gás. O gás continuou a sair.

— Não está sentindo um cheiro esquisito de gás? — perguntou languidamente Livia, depois de um certo tempo, soltando-se do abraço do comissário.

— Não creio — disse Montalbano, que sentia as narinas cheias somente do cheiro da pele dela.

— Ai, meu Deus — exclamou Livia, correndo a desligar o gás.

Restaram a Montalbano uns poucos vinte minutos para fazer a barba e tomar banho. O café, feito de novo, ele tomou andando, porque já batiam à porta. Livia nem perguntou aonde ele ia nem por quê. Tinha aberto a janela e estava se espreguiçando, braços esticados para o alto, embaixo de um raio de sol.

No caminho, Gallo lhe contou o que sabia da história. A mocinha sequestrada, porque sobre o fato de ela ter sido sequestrada parecia não haver mais dúvida, chamava-se Susanna Mistretta, era muito bonita, estava matriculada na universidade, em Palermo, e vinha se preparando para fazer o primeiro exame. Morava com o pai e a mãe numa mansão no campo, aquela para onde se dirigiam, a 5 quilômetros do vilarejo. Havia mais ou menos um mês, Susanna ia estudar na residência de uma amiga em Vigàta e depois, por volta das 20 horas, voltava para casa em sua motoneta.

Na noite anterior o pai, não a vendo chegar como de hábito, havia esperado mais uma hora e telefonado à amiga da filha, a qual lhe dissera que Susanna tinha ido embora por volta das 20 horas, como sempre. Então ele ligou para um rapaz de quem sua filha se considerava namorada e este se mostrou surpreso, porque havia encontrado Susanna em Vigàta durante a tarde, antes que ela fosse estudar com a amiga, e a moça lhe comunicara que naquela noite não iria ao cinema com ele porque precisava voltar para casa e continuar estudando.

A essa altura o pai se preocupara. Já tinha ligado para o celular da filha várias vezes, mas o aparelho estava sempre desligado. Em certo momento o telefone tocou e o pai correu a atender, pensando que era a filha. Mas quem estava ligando era o irmão.

— Susanna tem um irmão?

— Não senhor, é filha única.

— Irmão de quem, então? — perguntou um exasperado Montalbano, que, entre a velocidade mantida por Gallo e a estrada cheia de crateras que estavam percorrendo, sentia-se não apenas zonzo, mas também com um pouco de dor no ferimento.

O irmão em questão era o irmão do pai da moça sequestrada.

— Mas essas pessoas todas não têm nome? — perguntou de novo o comissário, impaciente, esperando que o conhecimento dos nomes lhe permitisse acompanhar melhor a narrativa.

— Claro que têm, forçosamente, mas a mim não disseram — respondeu Gallo. E continuou: — O irmão do pai da sequestrada, irmão esse que é médico...

— Chame de tio médico — sugeriu Montalbano.

O tio médico estava ligando para saber notícias da cunhada. Ou seja, a mãe da sequestrada.

— Por quê? Ela está doente?

— Sim, doutor, muito mal.

Então o pai havia informado o tio médico...

— Não, neste caso você deve dizer o irmão.

Então o pai havia informado o irmão do desaparecimento de Susanna e pedido que ele fosse até a casa de campo para fazer companhia à enferma, assim ele poderia ficar livre para procurar a filha. O médico se livrou dos compromissos que tinha e chegou já depois das 23 horas.

O pai então entrara no carro e percorrera lentamente o caminho que Susanna fazia ao voltar para casa. Àquela hora de inverno, não se via vivalma, os carros eram raros. Ele fez e refez o mesmo percurso, cada vez mais desesperado. A certa altura, foi ladeado por uma motoneta. Era o namorado de Susanna, que havia telefonado para a mansão e o tio médico respondera que ainda não tinham notícias. O rapaz comunicou ao pai a intenção de percorrer todas as estradas de Vigàta, em busca pelo menos da motoneta, que ele conhecia bem. O pai repetiu mais quatro vezes o trajeto, ida e volta, da casa da amiga da filha até a sua, parando de vez em quando para olhar até as manchas sobre o asfalto. Mas não lhe pareceu notar nada de estranho. Quando abandonou as buscas e retornou, eram quase 3 horas da manhã. Então ele pediu ao irmão médico que telefonasse, qualificando-se, a todos os hospitais de Montelusa e Vigàta. Só receberam respostas negativas, coisa que por um lado os tranquilizou e por outro os alarmou ainda mais. Perderam assim mais uma hora.

A esta altura da narrativa, quando havia algum tempo já estavam em campo aberto e seguiam por uma trilha de terra batida, Gallo apontou uma casa de campo, cerca de cinquenta metros adiante.

— É aquela ali.

Montalbano não teve tempo de olhar, porque Gallo dobrou à direita e enveredou por outra trilha, esta muito maltratada.

— Aonde estamos indo?

— Ao ponto onde acharam a motoneta.

Quem a encontrara havia sido o namorado de Susanna. Para voltar à mansão, depois de procurar inutilmente por todas as vias de Vigàta, ele havia tomado uma estrada que alongava bastante o percurso. E ali, a 200 metros da casa de Susanna, tinha visto a motoneta abandonada e correra a avisar o pai.

Gallo encostou e estacionou atrás da outra viatura. Montalbano desceu e Mimì Augello foi ao encontro dele.

— É uma história braba, Salvo. Por isso precisei incomodar você. A coisa parece feia.

— Onde está Fazio?

— Na mansão, com o pai. Para o caso de os sequestradores se manifestarem.

— Afinal, como se chama o pai?

— Salvatore Mistretta.

— E o que ele faz?

— Era geólogo. Percorreu meio mundo. Bem, olhe aqui a motoneta.

Estava encostada a uma mureta baixa, construída a seco, que contornava uma horta. Em perfeito estado, sem mossas, apenas um tantinho empoeirada. Galluzzo estava dentro da horta e examinava o local para ver se achava alguma coisa. Na trilha, Imbrò e Battiato faziam o mesmo.

— O namorado de Susanna... a propósito, como se chama?

— Francesco Lipari.

— Onde está?

— Mandei voltar para casa. Ele estava morto de cansaço e de preocupação.

— Eu dizia: esse Lipari não terá deslocado a motoneta? Talvez a tenha encontrado caída no chão, no meio da trilha...

— Não, Salvo. Ele jurou de pés juntos que encontrou a motoneta assim como nós estamos vendo.

— Deixe alguém de guarda. Que ninguém toque nela. Senão a turma da Perícia faz um escarcéu do cacete. Vocês não acharam nada?

— Nada de nada. E pensar que a moça tinha uma mochila com os livros e suas coisas, além do celular, da carteira que ela levava sempre no bolso de trás dos jeans, as chaves de casa... Nada. É como se ela tivesse encontrado alguém a quem conhecia e encostado a motoneta no murinho para conversar um pouco com essa pessoa.

Mas Montalbano parecia não o escutar. Mimì percebeu.

— O que foi, Salvo?

— Não sei, mas tem algo que não me convence — murmurou Montalbano.

E começou a recuar uns passos, como a gente faz quando precisa de espaço para examinar melhor uma coisa em seu conjunto, na perspectiva certa. Augello também recuou com ele, mas mecanicamente, só porque o comissário estava fazendo isso.

— Está ao contrário — concluiu Montalbano a certa altura.

— Está ao contrário o quê?

— A motoneta. Veja, Mimì. Do jeito como a vemos aqui, estacionada, deveríamos pensar que seguia no rumo de Vigàta.

Mimì olhou e balançou a cabeça.

— É verdade. Mas, daquele lado, estaria na contramão. Se estava na direção de Vigàta, deveríamos encontrá-la encostada à mureta fronteira.

— Ora, porra, imagine se uma motoneta não anda na contramão! Você topa com elas até no patamar da sua casa! Passam até pelo meio dos seus colhões! Esqueça. Bom, se, ao contrário, a moça vinha de Vigàta, a roda anterior deveria estar direcionada no sentido oposto. Então eu me pergunto: por que a motoneta está parada assim?

— Meu Deus, Salvo, as razões podem ser muitas. Pode ser que, para encostá-la na mureta, a moça tenha feito a motoneta dar um giro sobre si mesma... ou melhor, ela pode ter voltado alguns metros, depois de reconhecer alguém...

— Tudo pode ser — cortou Montalbano. — Eu vou para a mansão. Quando vocês terminarem as buscas aqui, vão ao meu encontro. E não se esqueça de deixar de guarda um dos homens.

A mansão campestre, de dois pisos, devia ter sido linda antigamente, mas agora mostrava muitíssimos sinais de incúria e abandono. E as casas, quando a gente não tem mais cabeça para elas, sentem isso e parecem se precipitar de propósito numa espécie de velhice precoce. O robusto portão de ferro batido estava encostado.

O comissário entrou num enorme salão decorado com móveis oitocentistas, escuros e maciços, mas que à primeira vista lhe pareceu um museu, tão lotado estava de estatuetas de antigas civilizações sul-americanas e de máscaras africanas. Lembranças de viagem do geólogo Salvatore Mistretta. Num canto do salão havia duas poltronas, uma mesinha com telefone, um televisor. Fazio e um homem que devia ser Mistretta estavam sentados nas poltronas e não tiravam os olhos do telefone. Quando Montalbano entrou, o homem encarou Fazio com ar interrogativo.

— É o senhor comissário Montalbano. Este é o senhor Mistretta.

O homem se aproximou estendendo a mão. Montalbano apertou-a sem falar. O geólogo era um sessentão magro, face curtida como as das estatuetas sul-americanas, ombros curvados, cabelos brancos desgrenhados, olhos claros que vagavam de um ponto a outro do aposento, parecendo os de um drogado. Evidentemente, a tensão interna o comia vivo.

— Nenhuma notícia? — perguntou Montalbano.

O geólogo abriu os braços, desconsolado.

— Queria falar com o senhor. Podemos ir para o jardim? — pediu o comissário.

Sabe-se lá por quê, havia sido tomado por uma espécie de falta de ar, o salão era escuro, não entrava luz ali, apesar das duas grandes portas-balcão. Mistretta hesitou. Depois virou-se para Fazio.

— Se por acaso o senhor ouvir a campainha lá de cima... pode fazer o favor de me chamar?

— Claro — disse Fazio.

Saíram. O jardim, que contornava a mansão, havia sido completamente abandonado, agora era quase um campo de plantas selvagens que também começavam a amarelecer.

— Por aqui — disse o geólogo.

E guiou o comissário até um semicírculo de bancos de madeira, no centro de uma espécie de oásis verde, ordenado e bem-cuidado.

— Aqui é onde Susanna vem estud...

Não conseguiu prosseguir e desabou num banco. O comissário se sentou ao lado. Puxou o maço de cigarros.

— O senhor fuma?

O que lhe havia recomendado o doutor Strazzera?

"Tente parar de fumar, se puder."

Mas agora ele não podia.

— Eu tinha parado, mas, nestas circunstâncias... — respondeu Mistretta.

Viu, prezado e ilustre doutor Strazzera, que às vezes a gente não consegue evitar?

O comissário estendeu-lhe um cigarro e o acendeu. Fumaram um tempinho em silêncio, e depois Montalbano perguntou:

— Sua mulher está doente?

—· Está morrendo.

— Ela soube do acontecido?

— Não. Está sob o efeito de tranquilizantes e soníferos. Meu irmão Carlo, que é médico, passou esta noite com ela. Foi embora há pouco. Mas...

— Mas?

— ...mas, mesmo nesse sono induzido, minha mulher continua chamando Susanna, como se obscuramente compreendesse que alguma coisa...

O comissário se sentiu transpirar. Como faria para falar do sequestro da filha com um homem cuja mulher estava morrendo? Talvez a única possibilidade estivesse na adoção de um tom burocrático-oficial, aquele tom que, por sua própria natureza, costuma prescindir de toda forma de humanidade.

— Senhor Mistretta, preciso avisar quem de dever sobre este sequestro. O juiz de instrução, o chefe de polícia, meus colegas de Montelusa... E, pode ter certeza, a notícia também chegará aos ouvidos de algum jornalista, que correrá para cá com a indefectível câmera... Se estou demorando a fazer isso é porque desejo ter certeza.

— De quê?

— De que se trata de um sequestro.

CAPÍTULO 3

O geólogo o encarou, espantado.

— E de que mais poderia se tratar?

— Quero adiantar que sou obrigado a fazer suposições, até mesmo desagradáveis.

— Compreendo.

— Uma pergunta: sua mulher tem necessidade de muita assistência?

— Contínua, dia e noite.

— Quem a assiste?

— Susanna e eu nos alternamos.

— Desde quando ela está nessas condições?

— A doença se agravou de uns seis meses para cá.

— Não seria possível que o sistema nervoso de Susanna, sujeito a toda essa provação, tenha cedido de repente?

— O que o senhor quer dizer?

— Não pode ser que Susanna, ao ver a mãe nesse estado e extenuada pelas noites em claro e pelo estudo, tenha voluntariamente fugido de uma situação que ela já não conseguia aguentar?

A resposta veio imediata:

— De jeito nenhum. Susanna é forte e generosa. Não me faria este... mal. Nunca. E também, onde iria se esconder?

— Ela estava com dinheiro?

— Bah! No máximo, uns 30 euros.

— Ela não tem parentes ou amigos a quem seja afeiçoada?

— Susanna só frequenta, e raramente, a casa do meu irmão. E também se encontra com aquele rapaz que me ajudou nas buscas. Vão ao cinema ou a uma pizzaria. Não há outras pessoas com quem ela tenha intimidade.

— E a amiga com quem estuda?

— É só uma colega de estudos, creio.

Agora vinha a parte difícil e convinha fazer perguntas cautelosas, para não magoar ainda mais aquele homem ferido. Montalbano deu um suspiro fundo. O ar matinal, apesar de tudo, estava doce, perfumado.

— O namorado de sua filha... como se chama?

— Francesco. Francesco Lipari.

— Susanna se entende bem com Francesco?

— Ao que eu saiba, substancialmente, sim.

— Como assim, substancialmente?

— É que às vezes eu a escuto brigando, ao telefone... mas por tolices, coisas de namorados jovens.

— Não seria o caso de Susanna ter conhecido alguém que a assediou secretamente, que a convenceu a...

— A acompanhá-lo, o senhor quer dizer? Comissário, Susanna sempre foi uma moça leal. Se tivesse iniciado uma relação com outro, certamente contaria a Francesco e o deixaria.

— Ou seja, o senhor tem certeza de que se trata de um sequestro.

À porta da casa de campo apareceu Fazio.

— O que foi? — perguntou o geólogo.

— Escutei a campainha lá de cima.

Mistretta se precipitou e Montalbano foi atrás, vagaroso e pensativo. Entrou no salão e sentou-se na poltrona livre, diante do telefone.

— Pobrezinho — disse Fazio. — Esse coitado do Mistretta me dá uma pena, mas uma pena...!

— Não lhe parece estranho que os sequestradores ainda não tenham telefonado? São quase 10 horas.

— Não tenho prática em sequestros — disse Fazio.

— Nem eu. E tampouco Mimì.

Como se costuma dizer? Falando no diabo, aparece o rabo. Justamente nesse momento Mimì Augello entrou.

— Não achamos nada. E agora, fazemos o quê?

— Avise sobre o sequestro todos os que devem ser avisados. Me dê o endereço do namorado de Susanna e também o nome e o endereço da colega com quem ela estuda.

— E você? — perguntou Mimì, enquanto escrevia num papelzinho o que Montalbano lhe pedira.

— Eu vou me despedir do senhor Mistretta, quando ele descer, e sigo para o comissariado.

— Mas você não está em convalescença? — perguntou Mimì.

— Eu só o chamei para pedir uma opinião, e não para...

— E pretende deixar o comissariado nas mãos de Catarella?

Não houve resposta, mas fez-se um silêncio preocupado.

— Se os sequestradores se manifestarem logo, como espero, me avisem imediatamente — disse em tom definitivo o comissário.

— Por que o senhor espera que os sequestradores se manifestem logo? — perguntou Fazio.

Antes de responder, o comissário leu o papelzinho que Augello lhe estendera e guardou-o no bolso.

— Porque assim poderemos ter certeza de que o sequestro foi praticado com objetivo de lucro. Vamos falar claro. Uma jovem como Susanna só pode ter sido sequestrada por dois motivos: para obter dinheiro ou para violentá-la. Gallo me disse que se trata de uma mocinha muito bonita. Na segunda hipótese, as probabilidades de ela ter sido morta após a violência são muito altas.

Gelo. No silêncio, ouviram-se os passos arrastados do geólogo que voltava. Ele viu Augello.

— Acharam alguma...?

Mimì acenou que não com a cabeça.

Mistretta teve uma vertigem e cambaleou. Mimì correu a segurá-lo.

— Mas por que fizeram isso? Por quê?! — exclamou Mistretta, segurando o rosto entre as mãos.

— Como assim, por quê? — disse Augello, pretendendo consolá-lo com suas palavras. — O senhor verá que vão lhe pedir um resgate, o juiz muito provavelmente lhe permitirá pagar, e...

— E eu pago com quê? Como vou pagar? — gritou o homem, desesperado. — Por acaso não sabem todos que nós sobrevivemos só com a minha pensão? E que a única coisa que possuímos é esta casa?

Montalbano estava ao lado de Fazio e o escutou sussurrar:

— Maria Santíssima! Então...

* * *

O comissário mandou que Gallo o deixasse em frente ao endereço da colega de estudos de Susanna, que se chamava Tina Lofaro e morava na rua principal do vilarejo, num prediozinho de três andares, já meio velhusco. Como, aliás, todos os do centro. O comissário ia tocando o interfone quando o portão se abriu para dar passagem a uma senhora cinquentona, com um carrinho de compras vazio.

— Pode deixar aberto — disse Montalbano.

Por um instante a senhora pareceu indecisa, dividida entre a cortesia e a prudência, com um braço esticado para trás segurando a banda do portão que queria se fechar de volta, mas, depois de esquadrinhá-lo da cabeça aos pés, decidiu-se e se afastou. O comissário entrou e bateu o portão atrás de si. Não havia elevador. Na caixa de correio o apartamento identificado como o dos Lofaro correspondia ao número seis, o que vinha a significar, considerando-se que havia dois por andar, que ele devia subir três lances de escada. De propósito, não havia anunciado a visita, sabia por experiência que o aparecimento repentino de um homem da lei provoca no mínimo um certo desconforto, até mesmo na mais honesta das pessoas, a qual logo se pergunta: o que eu fiz de errado? Porque todas as pessoas honestas sempre pensam ter feito algo errado, mesmo sem seu próprio conhecimento. As desonestas, ao contrário, estão convencidas de ter sempre agido honestamente. E, assim, honestos e desonestos sentem desconforto. E esse estado serve para descobrir fissuras na couraça defensiva de cada um.

Portanto, quando tocou a campainha, ele desejou que fosse justamente Tina a vir abrir. Apanhada de surpresa, a jovem certamente revelaria se Susanna lhe confidenciara algum segredinho que viesse a ser útil às investigações. A porta se abriu e surgiu uma moça de seus 20 anos, feiosa, baixinha, morena, gorducha e de óculos grossos. Tina, seguramente. E o aparecimento dele sem aviso prévio funcionou. Mas funcionou ao contrário.

— Sou o comissário Mon...

—...talbano! — fez Tina, com um sorriso que lhe rasgava a cara de uma orelha a outra. — Nossa Senhora, que bom! Eu não esperava conhecê-lo! Que bom! Estou transpirando de emoção! Que felicidade!

Montalbano parecia uma marionete sem cordéis, não conseguia se mexer. Pasmado, constatava um fenômeno: diante dele, a moça começara a se evaporar, um vapor aquoso a contornava. Tina se derretia como uma barra de manteiga exposta ao sol de verão. Depois estendeu uma das mãos toda suada, agarrou o comissário pelo pulso, puxou-o até que ele acabasse de entrar e fechou a porta. Em seguida plantou-se à sua frente, estática, muda, a cara vermelha como uma melancia madura, as mãos unidas em prece, os olhos brilhando. Por um instante, o comissário se sentiu tal e qual a Madona de Pompeia.

— Eu gostaria de... — arriscou.

— Mas é claro! Me desculpe! Venha! — disse Tina, saindo do êxtase e precedendo-o até a sala. — Assim que o senhor me surgiu em carne e osso, eu quase desmaiei! Como está passando? Já se recuperou? Que bom! Eu sempre o vejo quando aparece na televisão, sabe? Leio muitos romances policiais, sou apaixonada, mas o senhor, comissário, é muito melhor do que Maigret, do que Poirot, do... Um café?

— Quem? — perguntou Montalbano, atordoado.

Como Tina havia falado quase sem interrupção, o comissário tinha escutado "Tucafé", talvez um agente de polícia de algum escritor sul-americano que ele não conhecia.

— Um café, aceita?

Seria realmente bom.

— Sim, se não for incomodar...

— Qual o quê! A mamãe saiu há cinco minutos para o supermercado e eu estou sozinha em casa, a empregada não vem hoje, mas eu faço num instantinho!

Desapareceu. Estavam sozinhos no apartamento? O comissário se inquietou. Aquela moça era capaz de qualquer coisa. Escutou virem da cozinha um ruído de xícaras e uma espécie de murmúrio. Com quem ela falava, se dissera que não havia outras pessoas em casa? Falava sozinha? Montalbano se levantou e saiu da sala. A cozinha era a segunda porta à esquerda, ele se aproximou pé ante pé. Tina falava ao celular, em voz baixa.

— ...está aqui comigo, estou lhe dizendo! Não estou brincando! Me apareceu pela frente, de repente! Se você vier em 10 minutos, com certeza ainda o encontra aqui. Ah, escute, Sandra, avise Manuela, que seguramente vai querer vir também. E traga a máquina, assim a gente faz umas fotos com ele.

Montalbano voltou sobre seus passos. Era só o que faltava! Três garotas de 20 anos assediando-o como se ele fosse um cantor de rock! Decidiu se despachar com Tina em menos de 10 minutos. Tomou o café quentíssimo, queimando os lábios, e deu início às perguntas. Mas o efeito surpresa não tinha dado certo, e assim o comissário não tirou nada de interessante daquela conversa.

— Amigas, amigas mesmo, eu diria que não. Nos conhecemos na universidade. Descobrimos que morávamos as duas em Vigàta e resolvemos estudar juntas para o nosso primeiro exame. Então, há um mês ou pouco mais, toda tarde ela vinha para cá e ficava das 17 às 20 horas.

"Sim, creio que quer muito bem a Francesco.

"Não, nunca me falou de outros rapazes.

"Não, nem de alguém mais que a paquerasse.

"Susanna é generosa, leal, mas não se pode dizer que seja uma pessoa expansiva. Tende a guardar tudo dentro de si.

"Não, ontem à noite ela foi embora como de hábito. E marcamos de nos reencontrar às 17 horas de hoje.

"Nos últimos tempos ela estava como sempre. A saúde da mãe era uma preocupação constante. Por volta das 19 horas, a gente interrompia os estudos para um descanso. E Susanna aproveitava para telefonar a sua casa e saber como estava a mãe. Sim, ontem também fez isso.

"Comissário, eu não imagino em absoluto um sequestro. Por isso, estou bastante tranquila. Meu Deus, que maravilha ser interrogada pelo senhor! Quer saber minha opinião? Maria Santíssima, que felicidade! O comissário Montalbano quer saber a minha opinião! Bom, eu creio que Susanna se afastou voluntariamente. Com certeza voltará dentro de alguns dias. Deve ter querido tirar uma folga, não aguentava mais ver a mãe morrendo a cada dia, a cada noite.

"Como, já vai? Parou o interrogatório? Não pode esperar cinco minutos, para fazermos uma foto juntos? Não vai me convocar ao comissariado? Não?"

Tina se levantou num salto, ao ver o comissário se levantar. E fez um movimento que Montalbano interpretou equivocadamente como um princípio de dança do ventre. Apavorou-se.

— Convocarei, convocarei — disse, correndo para a porta.

Ao ver o comissário surgir de repente, Catarella por pouco não caiu desmaiado no chão.

— Nossa Senhora, que alegria! Nossa Senhora, que contenteza rever vossenhoria de novo novamente aqui, dotô!

Mal acabou de entrar em seu gabinete e a porta bateu violentamente contra a parede. Como havia perdido o hábito, ele se assustou.

— O que foi?

À soleira apareceu Catarella, ofegante.

— Nada, dotô. Minha mão descorregou.

— O que você quer?

— Ah, dotô, dotô! Com a felicitação da sua volta eu me esqueci! O senhor e chefe de polícia procurou vossenhoria urgentissimamente urgente!

— Tudo bem, telefone para ele e me passe a ligação.

— Montalbano? Antes de qualquer coisa, como vai?

— Bastante bem, obrigado.

— Eu me permiti procurá-lo em casa, mas sua... a senhora que atendeu me disse... e então...

— Pode falar, senhor chefe.

— Eu soube do sequestro. Feia a história, não?

— Feíssima.

Com o chefe, os superlativos funcionavam sempre. Mas aonde ele queria chegar com aquele telefonema?

— Pois é... devo lhe pedir que retome o serviço, momentaneamente, é claro, e desde que o senhor esteja em condições de... Mais cedo ou mais tarde o doutor Augello deverá coordenar as buscas no local e eu não tenho ninguém para substituí-lo em Vigàta... compreende?

— Sem dúvida.

— Ótimo. Informo-lhe oficialmente que a investigação sobre o sequestro ficará a cargo do doutor Minutolo, que, sendo calabrês...

Qual o quê, Minutolo era de Alì, na província de Messina.

— ...sendo calabrês, entende dessas coisas.

Portanto, seguindo-se rigorosamente a lógica de Bonetti-Alderighi, bastava um indivíduo ser chinês para entender de febre amarela.

— O senhor — prosseguiu o chefe — não invada o campo alheio como é do seu costume, veja bem. Limite-se a uma ação de apoio ou, no máximo, desenvolva por sua conta alguma pequena investigação lateral, que não o canse muito e que possa confluir para a principal, a do doutor Minutolo.

— Poderia me dar um exemplo prático?

— De quê?

— De como eu posso confluir com o doutor Minutolo.

Ele se divertia em bancar o cretino total com o chefe, o problema era que o chefe o acreditava realmente um cretino total. Bonetti-Alderighi deu um suspiro tão forte que Montalbano escutou. Talvez fosse melhor não insistir naquela brincadeirinha.

— Desculpe, desculpe, acho que já entendi. Se a investigação principal está com o doutor Minutolo, o doutor Minutolo seria o rio Pó e eu um de seus afluentes, o Dora, Riparia ou Baltea, tanto faz. Certo?

— Certo — disse em tom de cansaço o chefe de polícia. E desligou.

A única coisa positiva vinda do telefonema era que a investigação fora confiada a Filippo Minutolo, dito Fifì, pessoa inteligente com quem se podia conversar.

Telefonou a Livia para dizer que havia sido chamado de volta ao serviço, ainda que com a função de Dora Riparia (ou Dora Baltea). Livia não atendeu, certamente pegara o carro para ir perambular no vale dos templos ou no museu, como fazia sempre que vinha a Vigàta. Ele tentou o celular, mas estava desligado. Ou melhor, mais exatamente, a gravação dizia que a pessoa encontrava-se fora da área de cobertura. E aconselhava ligar de novo mais tarde. Mas como se faz para alcançar o inalcançável? Só tentando e repetindo a tentativa mais tarde? Como de costume, os caras dos telefones insistiam em praticar o absurdo. Diziam, por exemplo: o número que você chamou é inexistente... Mas como se permitiam uma afirmação dessas? Todos os números que uma pessoa conseguia imaginar eram existentes. Se viesse a falhar um número, apenas um, na ordem infinita dos números, o mundo inteiro se precipitaria no caos. Seria possível que o pessoal dos telefones não se desse conta disso?

Fosse como fosse, àquela hora, era inútil pensar em ir almoçar em Marinella. Nem na geladeira nem no forno ele encontraria alguma coisa preparada por Adelina. A empregada, avisada da presença de Livia, não apareceria até ter certeza de que esta já fora embora, as duas mulheres se antipatizavam demais.

Ia se levantando para ir comer na trattoria Da Enzo quando Catarella lhe disse que o doutor Minutolo estava ao telefone.

— Novidades, Fifi?
— Nada, Salvo. Estou ligando a respeito de Fazio.
— Diga.
— Você pode me emprestar ele? Para esta investigação, o chefe não me deu um agente sequer, só mesmo os técnicos que grampearam o telefone e foram embora. Ele disse que já basto eu.
— Porque você é calabrês e, por conseguinte, especialista em matéria de sequestros, assim me explicou o senhor chefe.

Minutolo murmurou alguma coisa que sem dúvida não soava como empolgado louvor ao seu superior.

— E então, pode me emprestar Fazio pelo menos até hoje à noite?
— Se ele não desabar antes, de cansaço. Escute, você não acha estranho que os sequestradores ainda não tenham se manifestado?
— Não, de jeito nenhum. Comigo aconteceu, na Sardenha, que eles só se dignassem de mandar uma mensagem uma semana depois, e numa outra vez...
— Viu como você é especialista, como diz o senhor nosso chefe?
— Ora, vão tomar no cu, você e ele!

* * *

Montalbano se aproveitou indignamente da saída livre e do fato de Livia não estar sendo encontrada.

— Seja bem-vindo, doutor! Veio justamente no dia certo! — disse Enzo.

Excepcionalmente, Enzo havia preparado o *cuscusu** com oito tipos de peixe, mas só para os fregueses com quem simpatizava. Entre estes se incluía, claro, o comissário, que, mal viu o prato à sua frente e sentiu o perfume, teve um impulso irrefreável de comoção. Enzo percebeu, mas se equivocou, por sorte.

— Comissário, seus olhos estão úmidos! Por acaso não está com uns grauzinhos de febre?

— Sim — mentiu ele, descaradamente.

Traçou duas porções. Depois, teve a cara de pau de dizer que uns salmonetezinhos seriam uma boa pedida. Por conseguinte, a caminhada até embaixo do farol foi uma necessidade digestiva.

De volta ao comissariado, ligou para Livia. O celular repetiu que o número estava fora da área de cobertura. Paciência.

Galluzzo chegou para relatar uma história relativa a um furto num supermercado.

— Mas, afinal, o doutor Augello não está aí?

— Está, sim, doutor.

— Então vá até lá e conte essa história, antes que ele fique ocupado em campo, como diz o senhor chefe de polícia.

Não havia como negar, o desaparecimento de Susanna começava a deixá-lo seriamente preocupado. Seu verdadeiro pavor era que a moça tivesse sido sequestrada por um maníaco sexual. E talvez fosse correto sugerir a Minutolo que organizasse logo as

---

* Cuscuz – no caso, iguaria de origem árabe feita com sêmola moída, cozida no vapor e misturada com carne ou peixe, legumes e embutidos. Na Sicília, é preparado sempre com peixe. (*N. da T.*).

buscas, em vez de esperar um telefonema que provavelmente nunca aconteceria.

Puxou do bolso o papelzinho que Augello escrevera e teclou o número do namorado de Susanna.

— Alô? É da casa dos Lipari? Aqui é o comissário Montalbano. Eu gostaria de falar com Francesco.

— Ah, é o senhor? Sou eu mesmo, comissário.

Havia uma nota de decepção no tom de voz do rapaz, evidentemente ele havia esperado que fosse Susanna ao telefone.

— Poderia vir até aqui?

— Quando?

— Até mesmo agora.

— Alguma notícia?

Desta vez, a decepção fora substituída pela ansiedade.

— Nenhuma, mas eu gostaria de conversar um pouco com o senhor.

— Estou indo.

CAPÍTULO 4

E, de fato, Francesco apresentou-se em menos de dez minutos.

— De motoneta a gente chega rápido.

Um belo jovem, alto, elegante, olhar claro e aberto. Mas via-se que estava sendo comido vivo pela preocupação. Sentou-se na beiradinha da cadeira, com os nervos tensos.

— Meu colega Minutolo já o interrogou?

— Ninguém me interrogou. No final da manhã, telefonei ao pai de Susanna para saber se... mas, infelizmente, ainda...

Deteve-se e olhou diretamente nos olhos do comissário.

— E esse silêncio me faz imaginar as piores coisas.

— Por exemplo?

— Que Susanna tenha sido sequestrada por alguém que queria abusar dela. E, portanto, ou ainda está nas mãos do sujeito ou ele já...

— O que o faz pensar assim?

— Comissário, aqui todo mundo sabe que o pai de Susanna não tem um centavo. Antigamente era rico, mas precisou vender tudo.

— Por que motivo? Os negócios iam mal?

— O motivo eu não sei, mas ele não era do tipo que faz negócios, tinha feito uma boa poupança, era bem pago pelo seu trabalho. E, também, creio que a mãe de Susanna herdou... francamente, não sei.

— Continue.

— Eu queria dizer: o senhor pode imaginar sequestradores que ignorem as reais condições econômicas da vítima? Que se enganem quanto a isso? Ora! Desses assuntos eles sabem mais do que os fiscais de impostos!

O raciocínio fazia sentido.

— E tem mais — continuou o jovem. — Pelo menos umas quatro vezes, eu fui esperar Susanna na casa de Tina. Quando ela saía, íamos para sua casa, cada um na própria motoneta. De vez em quando parávamos e depois prosseguíamos. Chegados ao portão, eu me despedia e retornava. Fizemos sempre o mesmo caminho. O mais direto, o que Susanna fazia sempre. Ontem à noite, no entanto, Susanna pegou uma estrada diferente, solitária, impraticável em certos trechos, só mesmo um carro *off-road* aguenta, muito mal iluminada e bem mais longa em relação à outra. Não sei por qual motivo ela fez isso. Mas aquela estrada é um lugar ideal para um sequestro. Talvez tenha acontecido um terrível encontro ocasional.

Tinha uma bela cabeça funcionante, o rapaz.

— Que idade tem o senhor, Francesco?

— Vinte e três. Pode me chamar de você, se preferir. O senhor poderia ser meu pai.

Sentindo uma pontada, Montalbano pensou que, àquela altura de sua vida, jamais poderia se tornar pai de um jovem assim.

— Você estuda?
— Sim. Direito. Me formo no próximo ano.
— O que pretende fazer?

Montalbano só perguntou para aliviar a tensão do outro.

— O mesmo que o senhor faz.

O comissário achou que não tinha entendido bem.

— Quer entrar para a polícia?
— Sim.
— Por quê?
— Porque eu gosto.
— Boa sorte. Escute, voltando à sua hipótese de um estuprador... só uma hipótese, veja bem...
— Na qual o senhor certamente já pensou.
— Certo. Alguma vez Susanna lhe contou ter recebido propostas indecorosas, telefonemas obscenos, coisas assim?
— Susanna é muito reservada. Elogios ela recebia, sim. Aonde quer que fosse. É muito bonita. Às vezes me contava, e nós ríamos. Mas tenho certeza de que, se tivessem acontecido coisas que pudessem preocupá-la, ela me falaria.
— Tina, aquela amiga, está convencida de que Susanna desapareceu por sua própria vontade.

Francesco o encarou embasbacado, de boca aberta.

— Mas por quê?
— Um baque imprevisto. A dor, a tensão pela doença da mãe, a fadiga física de assisti-la, o estudo. Susanna é uma moça frágil?
— Tina a considera assim? Pois então, é evidente que não a conhece! Os nervos de Susanna estão destinados a ceder, isso é certo, mas é igualmente certo que o esgotamento só vai acontecer depois da morte da mãe! Até esse momento, ela continuará à sua cabeceira. Porque, quando encasqueta com uma coisa e se convence, é de uma tal determinação que... Frágil, coisa nenhuma! Não, é uma hipótese absurda.

— A propósito, o que a mãe de Susanna tem?

— Sinceramente, comissário, eu não entendi nada. Quinze dias atrás o tio de Susanna, Carlo, o médico, fez uma espécie de junta com dois especialistas, vindos um de Roma e outro de Milão. Abriram os braços, desanimados. Susanna me explicou que a mãe está morrendo de uma doença incurável, que é a recusa à vida. Uma espécie de depressão mortal. E quando eu perguntei o motivo dessa depressão, porque acho que sempre existe um motivo, ela me respondeu evasivamente.

Montalbano trouxe a conversa de volta a Susanna.

— Como você a conheceu?

— Casualmente, num bar. Ela estava com uma moça com quem eu tinha saído.

— Quando foi isso?

— Seis meses atrás.

— E simpatizaram logo um com o outro?

Francesco fez um largo sorriso.

— Simpatia? Amor à primeira vista.

— Vocês faziam?

— O quê?

— Amor.

— Sim.

— Onde?

— Na minha casa.

— Mora sozinho?

— Com meu pai. Que viaja, vai frequentemente ao exterior. É atacadista de madeira. Atualmente está na Rússia.

— E sua mãe?

— São divorciados. Minha mãe se casou de novo e mora em Siracusa.

Francesco pareceu querer acrescentar alguma coisa, abriu e fechou a boca.

— Continue — incitou-o Montalbano.
— Mas eu não...
— Diga.

O rapaz hesitou, estava claro que se encabulava por falar de um assunto tão privado.

— Quando estiver na polícia, você vai ver que também será obrigado a fazer perguntas indiscretas.

— Eu sei. O que eu queria dizer é que não o fizemos com frequência.

— Ela se recusa?

— Não exatamente. Sempre fui eu a pedir que ela fosse à minha casa. Mas a cada vez ela me pareceu, não sei, distante, ausente. Ia comigo para me agradar, é isso. Percebi que a doença da mãe a condicionava. E me envergonhei de pretender que... Somente ontem à tarde...

Interrompeu-se. Fez uma cara estranha, um pouquinho perplexa.

— Que estranho... — murmurou.

O comissário havia aguçado os ouvidos.

— Somente ontem à tarde... — insistiu Montalbano.

— ...foi ela quem me pediu para ir à minha casa. E eu concordei. Tínhamos pouco tempo, porque ela havia ido ao banco e depois devia ir estudar com Tina.

O jovem ainda estava atordoado.

— Talvez tenha querido lhe retribuir sua paciência — disse Montalbano.

— É, o senhor pode ter razão. Porque ontem, pela primeira vez, Susanna estava presente. Inteiramente. Comigo. Entende?

— Sim. Desculpe, você disse que, antes de se encontrarem, ela foi ao banco. Sabe por quê?

— Precisava retirar dinheiro.

— E fez isso?

— Sim.
— Sabe quanto ela retirou?
— Não.

Então, por que o pai de Susanna dissera que a filha tinha consigo uns 30 euros, no máximo? Será que não sabia que ela havia passado no banco? O comissário se levantou, o jovem o imitou.

— Tudo bem, Francesco, pode ir. Foi um verdadeiro prazer conhecê-lo. Eu telefono, se precisar falar de novo com você.

Estendeu a mão, Francesco a apertou.

— Me permite perguntar uma coisa? — pediu Francesco.
— Claro.
— Por que, na opinião do senhor, a motoneta de Susanna estava parada daquele jeito?

Iria ser um belo tira, Francesco Lipari. Sem dúvida nenhuma.

Montalbano ligou para Marinella. Livia acabava de retornar, feliz.

— Descobri um lugar maravilhoso, sabia? Chama-se Kolymbetra. Imagine, antes era uma bacia gigantesca, escavada pelos prisioneiros cartagineses.

— Onde fica?

— Lá mesmo, na área dos templos. Hoje é uma espécie de Jardim do Éden, há pouco aberto ao público.

— Você almoçou?

— Não. Comi um sanduíche em Kolymbetra. E você?

— Eu também só comi um sanduíche.

A mentira lhe viera pronta, espontânea. Por qual razão não tinha dito que se fartara de cuscuz e salmonetes, transgredindo aquela espécie de dieta à qual ela o obrigava? Por quê? Talvez uma mistura de vergonha, covardia e vontade de não provocar brigas.

— Pobrezinho! Vai voltar tarde?

— Não creio.

— Então eu lhe preparo alguma coisa.

Eis a imediata punição pela mentira: pagaria comendo o jantar feito por Livia. Não que ela cozinhasse pessimamente, mas tendia ao insípido, ao pouco temperado, ao levinho levinho, ao sinto e não sinto. Em vez de cozinhar, Livia aludia à cozinha.

Decidiu dar um pulo até a casa dos Mistretta para ver a quantas andavam as coisas. Pegou o carro e, quando chegou às proximidades, começou a notar um trânsito muito intenso. De fato, havia uns dez carros estacionados na estrada ao lado da mansão e diante do portão se acotovelavam seis ou sete pessoas, câmeras no ombro, para enquadrar a alamedazinha e o jardim. Montalbano subiu os vidros e avançou, buzinando desesperadamente, até quase bater no portão.

— Comissário! Comissário Montalbano!

Vozes abafadas o chamavam, o corno de um fotógrafo cegou-o metralhando um flash. Por sorte, o agente de Montelusa que estava de guarda o reconheceu e abriu. O comissário entrou com o carro, estacionou, desceu.

No salão encontrou Fazio sentado na mesma poltrona, pálido, com olheiras, visivelmente exausto. Estava de olhos fechados, cabeça para trás, apoiada no espaldar. No telefone, agora se ligavam várias geringonças, um gravador, um fone de ouvido. Outro agente, que não era do comissariado de Vigàta, mantinha-se de pé, junto a uma porta-balcão, e folheava uma revista. Simultaneamente à entrada de Montalbano, o telefone tocou. Fazio teve um sobressalto, colocou rapidamente o fone de ouvido, acionou o gravador e atendeu.

— Alô?

Escutou um instantinho.

— Não, o senhor Mistretta não está... Não, não insista.

Desligou e viu o comissário. Tirou o fone de ouvido e se levantou.

— Ah, doutor! Faz três horas que o telefone não para de tocar! Estou completamente zonzo! Não sei como aconteceu, mas todo mundo, na Itália inteira, soube deste desaparecimento e telefona para entrevistar o pobre infeliz do pai!

— Cadê o doutor Minutolo?

— Está em Montelusa, preparando uma maleta. Esta noite, quer dormir aqui. Saiu agora há pouco.

— E Mistretta?

— Acaba de subir para ver a mulher. Acordou há uma hora.

— Conseguiu dormir?!

— Um pouquinho, mas sob efeito de remédio. Na hora do almoço o irmão, o médico, chegou com uma enfermeira que vai passar a noite com a doente. E o médico quis dar uma injeção calmante no irmão. Vê-se que lhe provocou sono. Sabe, doutor? Houve uma espécie de discussão entre os dois.

— Ele não queria tomar a injeção?

— Também por isso. Mas, antes, o senhor Mistretta se aborreceu, quando viu a enfermeira. Disse ao irmão que não tinha dinheiro para pagar e o outro respondeu que cuidaria disso. Então o senhor Mistretta começou a chorar, dizendo que estava reduzido à esmola... Coitadinho, dá uma pena...!

— Com pena ou sem pena, Fazio, esta noite você larga isto e vai descansar em casa, certo?

— Certo, certo. Aí vem o senhor Mistretta.

O sono não havia ajudado Mistretta. Ele cambaleava, andava com as pernas bambas e as mãos tremiam. Viu Montalbano e se alarmou.

— Ai, meu Deus! O que aconteceu?

— Nada, acredite. Não se agite. Já que estou aqui, queria lhe fazer uma pergunta. Acha que pode responder?

— Vou tentar.
— Obrigado. Lembra que, hoje de manhã, o senhor me disse que Susanna podia ter consigo uns 30 euros, no máximo? Era a quantia que sua filha levava habitualmente?
— Sim, isso eu confirmo. O valor é esse, mais ou menos.
— Sabia que ontem à tarde ela foi ao banco?
Mistretta fez uma cara embasbacada.
— À tarde? Eu não sabia. Quem lhe disse?
— Francesco, o namorado.
O senhor Mistretta pareceu sinceramente surpreso. Sentou-se na primeira cadeira ao seu alcance e passou a mão na testa. Estava fazendo um enorme esforço para entender.
— A não ser que... — murmurou.
— A não ser que...?
— Pois é, ontem de manhã eu pedi a Susanna que passasse no banco e conferisse se haviam creditado alguns atrasados da minha pensão. Nós dois somos os titulares da conta. Se o dinheiro estivesse lá, ela deveria retirar 3 mil euros e pagar umas dívidas que, francamente, eu não queria ter mais. Me pesavam.
— Queira desculpar, mas que dívidas?
— Bah, a farmácia, os fornecedores... Não que eles tenham me pressionado, sou eu que... Ao meio-dia, quando ela voltou para casa, eu não perguntei se havia feito o que pedi, talvez...
— ...talvez ela tenha esquecido e só se lembrou durante a tarde — concluiu, por ele, o comissário.
— É, deve ter sido — admitiu Mistretta.
— Isso, porém, significa que Susanna tinha consigo 3 mil e tantos euros. O que não é uma quantia tão alta assim, certo, mas, para um marginal...
— Mas ela deve ter pago as contas!
— Não, não pagou.
— Como é que o senhor tem certeza?

— Porque, ao sair do banco, ela esteve... conversando com Francesco.

— Ah — disse Mistretta.

Depois, bateu as mãos uma contra a outra.

— Mas... podemos conferir telefonando a...

Levantou-se com dificuldade, foi até o telefone, teclou um número e falou com uma voz tão baixa que mal se ouviu: "Alô? Farmácia Bevilacqua?"

Desligou quase imediatamente.

— Tem razão, comissário, ela não esteve na farmácia para pagar a conta que temos em aberto... e, se não esteve na farmácia, também não deve ter procurado os outros credores.

E logo em seguida gritou:

— Oh, minha Nossa Senhora!

Parecia impossível: mas sua face, pálida ao máximo, conseguiu de repente se tornar ainda mais branca. Montalbano teve medo de que ele fosse ter um troço.

— O que foi?

— Agora não vão acreditar em mim! — gemeu Mistretta.

— Quem não vai acreditar?

— Os sequestradores! Porque eu disse ao jornalista...

— Que jornalista? O senhor falou com os jornalistas?!

— Sim, só com um. O doutor Minutolo me autorizou.

— Mas por quê, santo Deus?

Mistretta o olhou, aparvalhado.

— Não devia? Eu queria mandar uma mensagem aos sequestradores... dizer que eles estão cometendo um erro terrível, que eu não tenho dinheiro para o resgate... e agora, se a encontrarem levando no bolso... o senhor compreende, uma mocinha que sai por aí com aquele dinheiro todo... não vão me acreditar! Minha filha... coitadinha!

Os soluços o impediram de continuar, mas, para o comissário, ele já falara o suficiente.

— Boa-noite — disse.

E saiu do salão, tomado por uma raiva incontrolável. Mas que merda havia passado pela cabeça de Minutolo, para autorizar aquela entrevista? Imagine-se agora como iriam rechear a história, todos, jornais e televisões! E os sequestradores podiam se emputecer, e quem sofreria mais ainda seria a pobre Susanna. Desde que se tratasse de um caso de resgate a pagar. Do jardim, Montalbano chamou o agente que lia junto à porta-balcão.

— Vá dizer ao seu colega que escancare o portão para mim.

Entrou no carro, ligou o motor, esperou um pouquinho e arrancou que parecia Schumacher na Fórmula 1. Aos palavrões, repórteres e câmeras se esquivaram rapidamente, para não serem esmagados.

— Mas o que foi isso, ficou maluco? Quer nos matar?

Em vez de prosseguir pela mesma estrada que havia percorrido na vinda, o comissário dobrou à esquerda, enveredando pela trilha onde fora encontrada a motoneta. De fato, o caminho era impercorrível por um carro normal, era preciso seguir em velocidade mínima e fazer manobras complicadas e contínuas para não cair com as rodas dentro de buracos enormes e valas tipo dunas do deserto. Mas o pior ainda estava por vir. A cerca de meio quilômetro da entrada para o vilarejo, a trilha era cortada por uma ampla escavação. Evidentemente, uma daquelas "obras em andamento" que entre nós têm a particularidade de continuar em andamento mesmo quando todo o universo perdeu o rumo. Para transpô-la, Susanna devia ter descido da motoneta e passado a empurrá-la. Ou então feito uma volta ainda mais longa, pois quem precisara passar por aquele ponto havia criado, à força de andar para a frente e para trás, uma espécie de desvio pelo meio do campo. Mas que sentido tinha aquilo? Por que Susanna havia percorrido aquele trajeto? Ele teve uma ideia. Girou o carro com tais e tantas manobras que o ombro ferido recomeçou a doer, voltou atrás, a trilha lhe pareceu ter se tornado infinita, finalmente chegou à estrada principal e parou. Já começava a escurecer. Estava indeciso. Para fazer pessoalmente aquilo que lhe ocorrera, levaria no mínimo uma hora, o que vinha a significar que chegaria tarde a Marinella, com o resultante bate-boca com Livia. E ele realmente não estava com ânimo de brigar. Por outro lado, era apenas uma simples vistoria, que qualquer agente seu poderia fazer. Arrancou de novo e dirigiu-se ao comissariado.

— Me mande aqui o doutor Augello, agora mesmo — disse a Catarella.

— De pessoa pessoalmente ele não tá, dotô.

— Quem está?

— Digo em ordem flabética?

— Diga como achar melhor.

— Então: estariam Gallo, Galluzzo, Germanà, Giallombardo, Grasso, Imbrò...

Montalbano escolheu Gallo.

— Pode mandar, doutor.

— Escute, Gallo, volte àquela trilha aonde me levou hoje de manhã.

— E devo fazer o quê?

— Ao longo dela há umas dez casinhas de camponeses. Você para em cada uma e pergunta se alguém conhece Susanna Mistretta ou se ontem à noite eles viram passar uma moça de motoneta.

— Tudo bem, doutor, amanhã de manhã eu...

— Não, Gallo, talvez eu não tenha sido claro. Você vai agora mesmo, e depois me telefona para casa.

Chegou a Marinella um tantinho preocupado com a prova oral a que Livia o submeteria. E de fato ela atacou imediatamente, depois de beijá-lo de um jeito que ele achou distraído.

— Por que você teve de ir trabalhar?

— Porque o chefe de polícia me convocou de volta ao serviço.

E, a título de precaução, acrescentou:

— Apenas temporariamente.

— Você se cansou?

— Nem um pouco.

— Precisou dirigir?

— Circulei sempre com a viatura.

Fim da arguição. Que prova oral, que nada! Verdadeira moleza.

CAPÍTULO 5

— Ouviu o noticiário? — perguntou ele por sua vez, já livre do perigo.

Livia respondeu que sequer havia ligado a televisão. Por isso, convinha esperar o telejornal das 22h30 da Televigàta, porque seguramente Minutolo havia escolhido o repórter da emissora sempre filogovernamental, qualquer que fosse o governo do momento. Fora a massa, que estava um pouquinho cozida demais, o molho um tanto ácido e a carne, que parecia um pedaço de papelão e do papelão tinha o mesmíssimo sabor, o jantar preparado por Livia não podia ser considerado incitador de homicídio. Durante toda a refeição, Livia lhe falou do jardim de Kolymbetra, tentando comunicar um pouco da emoção que sentira.

De repente, interrompeu-se, levantou-se e foi para a varanda. Montalbano percebeu, com certo atraso, que ela havia parado de falar. Sem sair da mesa, perguntou em voz alta, certo de que Livia tinha saído porque havia escutado algum ruído lá fora:

— O que é? O que você ouviu?

Livia reapareceu com os olhos disparando chamas.

— Não ouvi nada. O que eu devia ouvir? Ouvi o seu silêncio, isto sim! Eu falo e você não me escuta, ou então finge escutar e responde com uns resmungos incompreensíveis!

Ai, meu Deus, bate-boca, não! Convinha evitá-lo a qualquer custo. Talvez, se bancasse o ator de tragédia... Não completamente ator, porque havia um fundo de verdade: sentia-se realmente cansado.

— Não, não, Livia...

Apoiou os cotovelos sobre a mesa, segurou o rosto entre as mãos. Livia se impressionou, de repente mudou de tom.

— Pense bem, Salvo, a gente lhe dirige a palavra e você...

— Eu sei, eu sei. Me perdoe, me perdoe, mas eu sou assim, e não me dou conta de que...

Falou com voz embargada, as mãos apertando fortemente os olhos. E depois, num salto, levantou-se e foi se fechar no banheiro. Lavou o rosto, saiu.

Livia, arrependida, estava atrás da porta. Ele tinha feito bom teatro, a espectadora estava comovida. Abraçaram-se, emocionados, pedindo perdão um ao outro.

— Me desculpe, é que hoje eu tive um dia...

— Eu é que lhe peço desculpas, Salvo.

Passaram duas horas conversando na varanda. Depois entraram e o comissário ligou a televisão, sintonizando-a na Televigàta. O sequestro de Susanna Mistretta era a primeira notícia, naturalmente. O apresentador falou da jovem e na tela apareceu a imagem dela. A essa altura, Montalbano se deu conta de que não tivera a curiosidade de ver como era a moça. Bela garota, loura, olhos azuis. Claro que recebia galanteios, como dissera Francesco. Tinha, porém, uma expressão segura, determinada, que lhe dava uma aparência de alguns anos a mais. Depois vieram as imagens da casa de campo. Em nenhum momento o apresentador demonstrou qualquer dúvida de que se tratasse de um sequestro, embora a família ainda não tivesse recebido pedido de resgate. Concluiu anunciando a entrevista exclusiva do pai da sequestrada. E apareceu o geólogo Mistretta.

Desde as primeiras palavras que ele disse, Montalbano ficou aturdido. Há pessoas que diante de uma câmera se perdem, balbuciam, tornam-se estrábicas, transpiram, dizem besteiras — categoria à qual ele mesmo pertencia —, e outras que, ao contrário, se mantêm normalíssimas, falam e se movimentam como sempre fazem. Existe ainda uma terceira categoria de indivíduos: ou seja, aqueles que, diante da câmera, adquirem lucidez e clareza. Bom, o geólogo pertencia a esta última. Poucas palavras, claras, precisas. Disse que quem havia sequestrado sua filha Susanna tinha cometido um equívoco: fosse qual fosse a soma exigida para a libertação, a família não tinha absolutamente condições de reuni-la. Que os sequestradores se informassem melhor. Portanto, a saída era devolver logo a liberdade a Susanna. Se, porém, os sequestradores queriam alguma outra coisa que ele ignorava, e sequer conseguia imaginar, que o dissessem. Faria o impossível para satisfazer as exigências deles. Só isso. A voz estava firme, os olhos, enxutos. Perturbado, sim, mas não apavorado. Com aquela entrevista, o geólogo havia granjeado a estima e a consideração dos que o tinham ouvido.

— Este senhor é um homem de verdade — concluiu Livia.

Reapareceu o apresentador, o qual disse que as outras notícias seriam dadas após o comentário sobre aquilo que era indiscutivelmente a manchete do dia. Apareceu a cara de cu de galinha do editor chefe da emissora, Pippo Ragonese. Que partiu de uma premissa, a saber: todos conheciam a modéstia dos recursos do geólogo Mistretta, cuja esposa, agora gravemente enferma, e a quem ele enviava fervorosos votos de restabelecimento, havia sido rica outrora, mas depois perdera tudo por uma guinada da sorte. Por conseguinte, como dissera justamente o pobre pai em seu apelo, o sequestro da jovem — se tivesse sido praticado com objetivo de lucro, e ele não ousava fazer outra suposição terrível — era um trágico engano. Pois bem, quem podia ignorar que a família do geólogo Mistretta estava praticamente reduzida a uma pobreza digna? Somente os estrangeiros, os extracomunitários, evidentemente mal informados. Porque era inegável que, desde quando tinham começado esses desembarques de clandestinos, uma verdadeira invasão, a criminalidade havia alcançado e superado o nível de segurança. O que os responsáveis locais pelo governo esperavam para aplicar severamente uma lei que já existia? Pessoalmente, porém, ele se sentia confortado por uma notícia à margem do sequestro: a investigação tinha sido confiada ao valente comissário Filippo Minutolo, da Chefatura de Montelusa, e não ao chamado comissário Montalbano, mais conhecido por suas discutíveis ideias supostamente geniais e por suas opiniões pouco ortodoxas, com frequência claramente subversivas, do que pela capacidade de resolver os casos que lhe eram confiados. E, com isso, boa-noite a todos.

— Que canalha! — comentou Livia, desligando o televisor.

Montalbano preferiu não abrir a boca. O que Ragonese dizia dele já não lhe provocava nem calor nem frio. O telefone tocou. Era Gallo.

— Doutor, acabei agora mesmo. Somente numa das casas não havia gente, mas me pareceu desabitada há tempos. A resposta foi igual. Não conhecem Susanna e ontem à noite não viram passar nenhuma jovem de motoneta. Mas uma senhora me disse que o fato de ela não ter visto Susanna não quer dizer que a moça não tenha passado.

— Por que você me relata isso?

— Doutor, todas aquelas casinhas têm a horta e a cozinha na parte traseira, e não em frente à estrada.

Montalbano desligou. Foi uma pequena decepção que lhe provocou um enorme cansaço.

— O que você acha de irmos para a cama?

— Tudo bem — disse Livia —, mas por que você não me falou nada desse sequestro?

"Porque você não me deu espaço", ele teve vontade de responder, mas conseguiu se conter a tempo. Essas palavras seguramente seriam o princípio de uma briga. Limitou-se a fazer um gesto vago.

— É verdade que você foi excluído da investigação, como disse aquele corno do Ragonese?

— Parabéns, Livia.

— Por quê?

— Constato que você está se vigatizando. Chamou Ragonese de corno. Chamar alguém de corno é típico dos aborígines.

— Evidentemente, você me contagiou. Me diga se é verdade que você foi...

— Não é bem assim. Devo colaborar com Minutolo. A investigação foi confiada a ele desde o início. E eu estava de licença.

— Me conte do sequestro, enquanto eu dou um jeito na sala.

O comissário contou tudo o que havia para contar. No fim, Livia pareceu perturbada.

— Se pedirem o resgate, qualquer outra suposição seria descartável, não?

Também a ela havia ocorrido que podiam ter sequestrado Susanna para violentá-la. Montalbano teve vontade de dizer que o pedido de resgate não excluía a violência, mas preferiu que Livia fosse se deitar sem esse pensamento.

— Certo. Quer usar o banheiro antes de mim?
— Tudo bem.

Montalbano abriu a porta-balcão da varanda, saiu, sentou-se, acendeu um cigarro. A noite estava serena como o sono de um menininho inocente. Conseguiu não pensar em Susanna, no horror que aquela noite representava para ela.

Dali a pouco, ouviu um ruído vindo lá de dentro. Levantou-se, entrou e ficou paralisado. Livia, nua, estava no meio da sala. Aos seus pés, uma pequena poça d'água. Evidentemente, havia interrompido o banho, por alguma coisa que lhe passara pela cabeça. Linda, mas Montalbano não ousou se mover. Os olhos de Livia, reduzidos a uma fissura, indicavam tempestade iminente, ele bem sabia disso.

— Você... você... — fez Livia, com o braço estendido e o indicador acusatório.
— Eu o quê?
— Quando soube do sequestro?
— Hoje de manhã.
— Ah, quando chegou ao comissariado?
— Não, antes.
— Antes quando?
— Mas como, você não se lembra?
— Quero ouvir de você.
— Quando telefonaram e você acordou e foi fazer o café. Antes era Catarella e eu não entendi nada, depois Fazio, que me falou do desaparecimento da garota.
— E você fez o quê?
— Tomei banho e me vesti.

— Ah, não, seu hipócrita nojento! Você me deitou em cima da mesa da cozinha! Monstro! Como pode ter tido a ideia de fazer amor comigo, enquanto uma pobre jovenzinha...

— Livia, tente raciocinar. Quando me telefonaram, eu não percebi a gravidade...

— Dá para ver que tem razão o jornalista, aquele lá, como se chama?, aquele que disse que você é um incapaz, um sujeito que não entende nada! Ou melhor, não, você é pior! Você é um bruto! Um ser imundo!

Livia saiu da sala, o comissário ouviu-a virar a chave do quarto. Moveu-se finalmente, bateu à porta.

— Ora, vamos, Livia, não acha que está exagerando?

— Não. E esta noite você dorme no sofá.

— Mas é superdesconfortável! Vamos, Livia! Não vou conseguir pregar olho!

Nenhuma reação. Então ele jogou a carta da piedade.

— Seguramente, o ferimento vai recomeçar a doer! — gemeu, com voz lamentosa.

— Azar o seu.

Ele sabia que jamais conseguiria fazê-la mudar de ideia. Tinha de se resignar. Xingou em voz baixa. Como que em resposta, o telefone tocou. Era Fazio.

— Mas eu não mandei você ir descansar?

— Não consegui deixar isto para trás, doutor.

— O que você quer?

— Acabaram de telefonar. O doutor Minutolo pergunta se o senhor pode dar um pulinho aqui.

Chegou disparado em frente ao portão fechado. No meio do caminho, lembrou-se de que não tinha avisado a Livia que ia sair. Apesar da briga, deveria ter feito isso, até mesmo com o simples objetivo de evitar outra discussão. Livia era capaz de pensar que ele, por pirraça, tinha ido dormir num hotel. Paciência.

E agora, como conseguir que abrissem? Olhou o portão à luz dos faróis: não havia uma campainha, um interfone, nada. A saída era a buzina, esperando não ter de tocá-la até acordar a região inteira. Apertou-a só uma vez, tímida e rapidamente, e quase de imediato vislumbrou um homem que saía da casa. O homem manipulou as chaves, abriu o portão, Montalbano entrou com o carro, estacionou, desceu. O homem se apresentou.

— Eu sou Carlo Mistretta.

O irmão médico, em torno dos 55 anos, bem-vestido, óculos finos, face rosada e com pouca barba, baixinho, um tantinho barrigudo, parecia um bispo em trajes seculares. Prosseguiu:

— Seu colega me informou sobre o telefonema dos sequestradores e eu tive de correr para cá, porque Salvatore se sentiu mal.

— Como está ele agora?

— Espero tê-lo colocado em condições de dormir.

— E a senhora?

O médico abriu os braços, sem responder.

— Ainda não soube do...

— Não, era só o que faltava. Salvatore disse a ela que Susanna está em Palermo para os exames, mas minha pobre cunhada não está muito lúcida, tem momentos de absoluta ausência.

No salão se encontravam somente Fazio, que adormecera na poltrona de sempre, e Fifì Minutolo, que, na outra poltrona, fumava um charuto. As portas-balcão estavam escancaradas, entrava uma friagem penetrante.

— Conseguiram saber de onde partiu o telefonema? — foi a primeira coisa que Montalbano perguntou.

— Não, foi rápido demais — respondeu Minutolo. — Agora escute, e depois nós conversaremos.

— Certo.
Assim que percebeu a presença de Montalbano, Fazio, por uma espécie de reflexo animal, abriu os olhos e saltou de pé.
— Chegou, doutor? Quer ouvir? Sente-se no meu lugar.
E, sem esperar resposta, acionou o gravador.

Alô? Quem fala? Aqui é da residência dos Mistretta. Quem fala?
...
Mas quem fala?
Escute, sem me interromper. A moça está aqui com a gente e por enquanto passa bem. Reconhece a voz dela?
Papai... papai... por favor... me aj...
...
Ouviu? Prepare um monte de dinheiro. Eu ligo de novo depois de amanhã.
...
Alô? Alô? Alô?
...

— Repita desde o início — disse o comissário.
Não tinha vontade de escutar outra vez todo o abissal desespero que havia na voz da garota, mas devia fazê-lo. Por prudência, colocou a mão na frente dos olhos, para o caso de lhe subir uma onda de comoção.
No final da segunda escuta o doutor Mistretta, com o rosto afundado entre as mãos, ombros sacudidos pelo pranto, saiu quase correndo para o jardim.
Minutolo comentou:
— Ele quer muito bem à sobrinha.
E depois, fitando Montalbano:
— E então?
— Eles transmitiram uma mensagem gravada. Concorda?

— Perfeitamente.
— A voz do homem está disfarçada.
— Evidente.
— São dois, no mínimo. A voz de Susanna está em segundo plano, um pouquinho longe do gravador. Quando o que está gravando diz "reconhece a voz dela?", passam-se alguns segundos antes de Susanna falar, o tempo para o cúmplice lhe abaixar a mordaça. E depois a repõe, cortando-lhe pelo meio a palavra, que seguramente é "ajude". E você, o que me diz?
— Que talvez seja só um. Diz "reconhece a voz dela?" e vai tirar a mordaça.
— Não pode ser, porque então, entre a pergunta do sequestrador e a voz de Susanna, a pausa deveria ser maior.
— Concordo. Sabe de uma coisa?
— Não, o especialista é você.
— Não estão seguindo a praxe.
— Explique-se melhor.
— Bom. Habitualmente, como se faz um sequestro? Há os peões, digamos o grupo B, encarregado de executar materialmente o sequestro. Em seguida o grupo B transfere a pessoa sequestrada ao grupo C, ou seja, a turma encarregada de escondê-la e tomar conta dela, outro trabalho braçal. A essa altura entram em cena os do grupo A, isto é, os chefes, os organizadores que exigem o resgate. Para fazer todas essas passagens é necessária uma certa quantidade de tempo. Por conseguinte, em geral o pedido de resgate acontece alguns dias após o sequestro. Aqui, no entanto, só se passaram poucas horas.
— E isso significa o quê?
— Em minha opinião, significa que o grupo que sequestrou Susanna é o mesmo que a mantém prisioneira e que pede o resgate. Talvez não seja uma grande organização. Pode ser uma coisa feita em família, com vistas à poupança. E, se não são profis-

sionais, tudo se complica e fica mais perigoso para a moça. Fui claro?

— Claríssimo.

— E isso também significa que não a mantêm muito longe.

Minutolo fez uma pausa, refletindo.

— Mas não tem sequer as características do sequestro-relâmpago. Nesses casos, o valor exigido para o resgate é comunicado sempre no primeiro contato. Eles não têm tempo a perder.

— Esta história de terem feito Susanna falar é normal? — perguntou Montalbano. — Não me parece que...

— Tem razão — concordou Minutolo. — Não é o que acontece, é uma coisa que só se vê nos filmes. O que ocorre é que, se você não quiser pagar, dali a pouco, para convencê-lo, eles mandam o sequestrado lhe escrever um bilhetinho. Ou então já lhe enviam um pedaço de orelha. E essas são as únicas formas de contato entre o sequestrado e sua família.

— Notou como ele falava? — perguntou Montalbano ainda.

— Como assim?

— Em perfeito italiano. Sem inflexões dialetais.

— Pois é — fez Minutolo, pensativo.

— E agora, o que você vai fazer?

— O que você quer que eu faça? Telefono ao chefe de polícia e conto a novidade.

— Esse telefonema me deixou ainda mais confuso — disse Montalbano, concluindo suas reflexões.

— A mim também — concordou Minutolo.

— Me esclareça uma curiosidade. Por que você permitiu que Mistretta falasse com um jornalista?

— Para criar marola, acelerar o ritmo. Não me agrada que uma jovem tão bonita fique muito tempo em poder de gente como essa.

— Vai contar aos jornalistas sobre esse telefonema?

— Nem por sonho.

Por enquanto, não havia mais nada. O comissário se aproximou de Fazio, que havia adormecido de novo, e lhe balançou o ombro.

— Acorde, vou levar você em casa.

Fazio tentou uma débil resistência.

— E se houver algum telefonema importante?

— Vamos, até depois de amanhã eles não vão se manifestar. Foi o que disseram, não?

Depois de deixar Fazio, dirigiu-se a Marinella. Entrou sem fazer barulho, foi ao banheiro e depois se encaminhou para o sofá. Estava cansado demais para começar a xingar. Deteve-se quando despia a camisa: havia notado que o quarto, embora escuro, tinha a porta entreaberta. Via-se que Livia se arrependera de tê-lo mandado para o exílio. Voltou ao banheiro, terminou de se despir, entrou no quarto pé ante pé e se deitou ao lado dela, que dormia profundamente. Fechou os olhos e logo se viu viajando pelo país do sono. E de repente: tac. A mola do tempo travou. Sem precisar consultar o relógio, soube que eram 3h27m40s. Quanto havia dormido? Por sorte, readormeceu quase de imediato.

Por volta das 7 horas, Livia acordou, Montalbano também. E fizeram as pazes.

Diante do comissariado, esperava-o Francesco Lipari, o namorado de Susanna.

As escuras olheiras denunciavam o nervoso e as noites em claro.

— Desculpe, comissário, mas hoje cedo o pai de Susanna me ligou e falou do telefonema, e então...

— Mas como?! Se Minutolo não queria que se soubesse!

O rapaz deu de ombros.

— Tudo bem, venha. Mas não conte a ninguém que houve esse telefonema.

Ao entrar, o comissário avisou a Catarella que não queria ser incomodado. Depois, conversou com Francesco.

— Tem alguma coisa que você queira me contar?

— Nada de especial. Mas lembrei que da outra vez eu não lhe disse uma coisa. Não sei o quanto pode ser importante...

— Neste caso, tudo pode ser importante.

— Quando descobri a motoneta de Susanna, não fui logo à mansão para avisar o pai. Percorri a estradinha dali até Vigàta e depois voltei pelo mesmo caminho.

— Por quê?

— Bah. De início foi uma coisa instintiva, achei que ela podia ter desmaiado, podia ter caído e perdido a memória, e então comecei a procurá-la, mas na volta o que eu já estava procurando era...

— ...o capacete que ela usava sempre — disse Montalbano.

O rapaz o encarou com olhos arregalados.

CAPÍTULO 6

— O senhor também pensou nisso?

— Eu? Veja, ao chegar ao local, encontrei minha equipe, que já estava lá havia tempo. Quando souberam pelo pai que Susanna sempre usava capacete, eles o procuraram, sem encontrar, não só ao longo da trilha, mas até nos campos além das muretas.

— Eu não imagino os sequestradores levando Susanna, aos berros e se debatendo dentro do carro, com o capacete na cabeça.

— Se é por isso, eu também não — disse Montalbano.

— Mas o senhor não faz nenhuma ideia de como foram as coisas? — perguntou Francesco, entre incrédulo e esperançoso.

"Os jovens de hoje! Como estão dispostos a confiar, e como nós fazemos de tudo para desiludi-los!", pensou o comissário.

Para não o deixar perceber a comoção (mas não podia tratar-se de um princípio de aparvalhamento senil e não de uma consequência do ferimento?), inclinou-se para examinar uns papéis dentro de uma gaveta. Só falou quando teve bastante certeza de que sua voz estava firme:

— Há muitas coisas que ainda não se explicam. A primeira de todas é: por que Susanna, ao voltar para casa, fez um trajeto que nunca havia feito antes?

— Talvez por aquelas bandas more alguém que...

— Ninguém a conhece. E sequer a viram passar de motoneta. Pode ser que algum deles não esteja dizendo a verdade. Então, este mesmo que não diz a verdade é corresponsável pelo sequestro, talvez só como olheiro, porque é o único a saber que naquele dia e naquela hora Susanna passará por aquela trilha. Está claro?

— Sim.

— Mas se Susanna pegou aquela trilha sem motivo, o sequestro nasceria de um encontro inteiramente casual. Só que as coisas não podem ter sido assim.

— Por quê?

— Porque eles estão demonstrando ter um mínimo de organização, de premeditação. Pelo telefonema se conclui que não se trata de um sequestro-relâmpago. Eles não têm urgência de se livrar logo de Susanna. Isso significa que dispõem de um lugar seguro para escondê-la. E não poderiam ter encontrado em poucas horas um lugar tão seguro assim.

O rapaz não disse nada. Pensava sobre as palavras que ouvia, tão concentrado que o comissário teve a impressão de perceber o ruído das engrenagens do cérebro dele. Depois Francesco tirou a conclusão:

— Pelo raciocínio do senhor, depreende-se que muito provavelmente Susanna foi sequestrada por alguém que sabia que naquela noite ela pegaria a trilha. Alguém que mora por ali. Então seria preciso investigar a fundo, saber os nomes de todos, ter certeza de que...

— Pare. Se você começa a raciocinar, a levantar hipóteses, deve saber prever também o malogro.

— Não entendi.

— Eu explico. Imagine que abrimos uma investigação acuradíssima sobre todos os que moram ao longo da trilha. Deles acabamos sabendo vida, morte e milagres, até mesmo quantos pentelhos têm no cu, mas no final fica claro que nunca houve nenhum contato entre Susanna e um deles, nada. O que você faz? Recomeça desde o início? Entrega os pontos? Dá um tiro na cabeça?

O jovem não desistiu.

— Então, o que convém fazer, segundo o senhor?

— Formular ao mesmo tempo outras hipóteses e verificá-las, levá-las adiante ao mesmo tempo, sem dar preferência a nenhuma, mesmo que se apresente como a mais provável.

— E o senhor as formulou?

— Claro.

— Pode me dizer alguma?

— Se isso o consola... Vamos lá: se Susanna está naquela trilha, é porque alguém marcou encontro com ela bem ali, um lugar onde não passa quase ninguém...

— Não é possível.

— Não é possível o quê? Que Susanna tivesse um encontro? Você acha que sabe tudo da sua namorada? Pode botar a mão no fogo? Não estou afirmando que se tratava de um encontro amoroso, pode ser que Susanna quisesse se encontrar com uma pessoa por razões que ignoramos. Susanna vai até lá sem saber que lhe armaram uma cilada. Chega, encosta a motoneta, tira o capacete e o mantém na mão, porque evidentemente se trata de um encontro rapidíssimo, aproxima-se do carro e é sequestrada. Funciona?

— Não — disse Francesco, seguro.

— Por quê?

— Porque, e disso tenho certeza, quando nos encontrássemos à tarde ela seguramente me falaria desse encontro marcado. Pode acreditar.

— Acredito. Mas Susanna pode não ter tido a chance de avisá-lo.

— Não entendi.

— Você a acompanhou aos estudos na casa da amiga?

— Não.

— Susanna tinha um celular que nós não achamos, certo?

— Certo.

— Ela pode ter recebido um telefonema depois de sair de sua casa, quando se dirigia à casa da amiga para estudar, e só então ter combinado o encontro. E, como vocês não se viram depois disso, ela não teve como lhe dizer.

O jovem pensou um pouquinho. Depois se decidiu:

— Não posso excluir essa possibilidade.

— E então, como ficam as suas dúvidas?

Francesco não respondeu. Segurou a cabeça entre as mãos. Montalbano deu a cartada decisiva:

— Mas também pode ser que estejamos enganados em toda a linha.

O rapaz pulou da cadeira.

— O que o senhor está dizendo?!

— Simplesmente, que podemos estar partindo de um pressuposto errado. Ou seja, o de que Susanna pegou aquela trilha para voltar para casa.

— Mas se a motoneta foi achada lá!

— Isso não significa necessariamente que Susanna, ao sair de Vigàta, tenha enveredado por ali. Vou lhe dar o primeiro exemplo que me passa pela cabeça. Susanna sai da casa da amiga e pega a estrada de todos os dias. Aquela estrada serve a muita gente que mora nas casas que ficam antes e depois da mansão, e acaba 3 quilômetros depois, numa espécie de bairro rural de Vigàta, creio que se chama La Cucca. É uma estrada de transeuntes habituais, de camponeses e de gente que, mesmo trabalhando em Vigàta, prefere morar no campo. Todos se conhecem entre si, é possível até que façam ida e volta nos mesmos horários.

— Sim, mas o que isso tem a ver com...

— Me deixe terminar. Faz algum tempo que os sequestradores seguem Susanna, para saber como é o tráfego na hora do retorno dela e qual é o melhor lugar para agir. Naquela noite têm sorte, o plano pode ser realizado justamente no cruzamento com a trilha. Dão um jeito de bloquear Susanna. São pelo menos três. Dois descem e a obrigam a entrar no carro, que arranca pegando provavelmente a trilha na direção de Vigàta. Um desses dois, porém, não entra logo no automóvel, pega a motoneta e a deixa em certo ponto da trilha, o que, entre outras coisas, explica por que a motoneta estava posicionada como se se dirigisse a Vigàta. Depois esse outro também embarca, e adeus.

Francesco pareceu dubitativo.

— Mas por que se preocupam com a motoneta? O que lhes importa? O interesse deles é sair dali o mais depressa possível.

— Ora, mas se eu acabei de dizer que é uma estrada de transeuntes habituais! Eles não podiam largar a motoneta no chão. Alguém imaginaria um acidente, um outro poderia reconhecê-la como a motoneta de Susanna... Em suma, o alarme seria dado imediatamente e eles não teriam tempo de ir se esconder direito. E, já que estavam ali, era melhor deslocá-la para a trilha onde não passa ninguém. Mas também podemos levantar outras hipóteses.

— Mais?!

— Quantas você quiser. Até porque estamos só especulando. Antes, porém, devo lhe fazer uma pergunta. Você me disse que algumas vezes acompanhou Susanna de volta à mansão.

— Sim.

— Encontrava o portão aberto ou fechado?

— Fechado. Susanna abria com a chave dela.

— Então, também se pode pensar que Susanna acaba de encostar a motoneta e está pegando a chave para abrir o portão quando aparece a pé, correndo, alguém que ela viu algumas vezes naquela estrada, um transeunte rotineiro. O homem lhe suplica que o acompanhe na motoneta até a trilha, conta uma besteira qualquer, que a mulher se sentiu mal no carro quando se dirigia a Vigàta e pediu ajuda pelo celular, que seu filho foi parar embaixo de um automóvel... uma história assim. Susanna não pode se esquivar, dá uma carona a ele, parte para a trilha e cai na esparrela. E neste caso também teríamos a explicação para a posição da motoneta. Ou então... — Montalbano se interrompeu de repente.

— Por que não prossegue?

— Porque me enchi. Não creia que é tão importante saber como foram as coisas.

— Não?!

— Não, porque quando a gente começa a pensar... Os detalhes que nos parecem essenciais, quanto mais os examinamos mais eles perdem os contornos, o foco. Você, por exemplo, não tinha vindo me perguntar que fim levou o capacete de Susanna?

— O capacete? Sim.

— E, como vê, quanto mais a nossa conversa prosseguia, mais o capacete ficava para trás, perdia importância. Tanto que não falamos mais dele. O verdadeiro problema não é o como, mas o porquê.

Francesco ia abrindo a boca, queria saber mais alguma coisa, mas o barulho da porta, ao se abrir com violência e bater contra a parede, deu-lhe um susto e o fez se levantar num salto.

— O que foi isso? — perguntou.

— A mão me descapou — disse um compungido Catarella, da soleira.

— O que foi? — perguntou Montalbano por sua vez.

— Como que vossenhoria me disse que não queria qualquer distrubo por parte de qualquer distrubador, eu vim fazer uma pergunta.

— Faça.

— O jornalista senhor Zito pertence ao categórico dos distrubadores, ou em caso contrário não?

— Não, ele não disturba. Pode transferir a ligação.

— Oi, Salvo, Nicolò. Eu queria lhe dizer que acabei de chegar ao estúdio...

— E o que eu tenho a ver com seus horários de estúdio, porra? Vá dizer ao seu empregador.

— Não, Salvo, não estou de brincadeira. Acabei de chegar e minha secretária me disse que... bem, é uma coisa relativa ao sequestro daquela moça.

— Tudo bem, pode falar.

— Não, é melhor que você venha aqui.

— Tentarei passar assim que puder.

— Não, venha agora.

Montalbano desligou, levantou-se, estendeu a mão a Francesco.

A Retelibera, emissora privada na qual Nicolò Zito trabalhava, era sediada em Montelusa, mas numa área fora de mão. Enquanto se dirigia para lá, de carro, o comissário intuiu o que devia ter acontecido e que seu amigo jornalista queria lhe informar. E acertou em cheio. Nicolò o aguardava no portão e, assim que viu se aproximar o automóvel de Montalbano, foi ao encontro dele. Parecia agitado.

— O que houve?

— Hoje de manhã, a secretária acabava de chegar quando houve uma chamada anônima. Uma voz masculina perguntou se estávamos equipados para gravar um telefonema, ela respondeu que sim, e o sujeito então mandou-a preparar tudo, porque ele chamaria de novo dentro de cinco minutos. E de fato chamou.

Entraram na sala de Nicolò. Sobre a escrivaninha havia um gravador portátil, mas profissional. O jornalista o ligou. Montalbano escutou, como havia previsto, o mesmíssimo telefonema já feito à casa dos Mistretta, nem uma palavra a mais ou a menos.

— Impressionante. Aquela pobre mocinha... — comentou Zito.

E depois perguntou:

— Os Mistretta o receberam? Ou esses cornos querem que nós banquemos os meninos de recado?

— Ligaram ontem, tarde da noite.

Zito deu um suspiro de alívio.

— Ainda bem. Mas, então, porque o mandaram também para nós?

— Já fiz uma ideia bem precisa — disse Montalbano. — Ou seja, os sequestradores querem informar a todos, e não somente ao pai, que a moça está nas mãos deles. Em geral, quem sequestra uma pessoa só tem a ganhar com o silêncio. Eles, ao contrário, fazem de tudo para provocar estardalhaço. Querem que a voz de Susanna pedindo ajuda impressione o público.

— Mas por quê?

— Este é o busílis.
— E agora, o que é que eu faço?
— Se quiser fazer o jogo deles, transmita o telefonema.
— Não estou a serviço de delinquentes.
— Bravo! Vou me empenhar em mandar esculpir estas nobres palavras sobre a lápide do seu túmulo.
— Como você é imbecil! — disse Zito, sopesando os colhões.
— Então, já que você se declara um jornalista honesto, telefone ao juiz e ao chefe de polícia, avise-os e ponha a gravação à disposição deles.
— Farei isso.
— E lhe convém fazer logo.
— Ah, agora bateu a pressa? — perguntou Zito, teclando o número da chefatura.

Montalbano não respondeu.

— Espero por você lá fora — avisou, levantando-se e saindo.

Era realmente uma manhã agradável, havia um vento leve, de mão delicada. O comissário acendeu um cigarro e ainda não o havia terminado quando o jornalista apareceu.

— Pronto, comunicação feita.
— O que eles lhe disseram?
— Mandaram não transmitir nada de nada. Estão enviando um agente aqui para buscar a fita.
— Vamos voltar lá para dentro?
— Quer me fazer companhia?
— Não. Quero ver uma coisa.

Quando entraram no estúdio, Montalbano pediu a Nicolò que ligasse o televisor e sintonizasse a Televigàta.

— O que você quer ouvir daqueles babacas?
— Espere e verá por que eu lhe sugeri telefonar imediatamente ao chefe de polícia.

Na tela apareceu um texto que dizia:

"Dentro de poucos minutos, edição extraordinária do noticiário."

— Caralho! — disse Nicolò. — Também telefonaram para eles! E os veados vão botar no ar!

— Não esperava?

— Não. E você me fez perder um furo!

— Agora quer voltar atrás? Decida-se: você é um jornalista honesto ou desonesto?

— Honesto, honesto, mas ser furado voluntariamente é duro!

O aviso com o texto desapareceu, entrou o prefixo do noticiário e, sem nenhum aviso preparatório, surgiu o rosto do geólogo Mistretta. Era a repetição do apelo que ele fizera no dia seguinte ao sequestro. Em seguida, apareceu um apresentador.

— Acabamos de retransmitir o apelo do pai de Susanna, e isso por uma razão precisa. Agora, os telespectadores escutarão um documento terrível, que chegou à nossa redação esta manhã.

Sobre um fundo de imagens da mansão, entrou o telefonema, o mesmíssimo que fora dado à Retelibera. Em seguida surgiu em tela inteira a cara de cu de galinha de Pippo Ragonese.

— Quero dizer, logo de saída, que aqui na redação ficamos dramaticamente divididos antes de decidir colocar no ar o telefonema que os senhores acabam de ouvir. A voz angustiada e angustiante de Susanna Mistretta é algo que dificilmente nossa consciência de homens que vivemos numa sociedade civilizada pode suportar. Mas prevaleceu o direito à informação. O público tem o sacrossanto direito de saber e nós jornalistas temos o sacrossanto dever de respeitar esse direito. Do contrário, perderíamos o orgulho de poder nos afirmar jornalistas a serviço do público. Antes do telefonema, retransmitimos o apelo desesperado do pai. Os sequestradores não se dão conta, ou não querem se dar conta, de que sua exigência de resgate está destinada a cair no vazio, considerando-se as sabidas condições econômicas infelizes da família Mistretta. Neste trágico impasse, nossa esperança se volta para as forças da ordem. Sobretudo para o doutor Minutolo, homem de grande experiência, a quem fervorosamente desejamos um pronto sucesso.

Reapareceu o apresentador, que disse:

— Esta edição extraordinária será repetida de hora em hora.

E fim de papo, entrou por um ouvido e saiu pelo outro. Seguiu-se um programa de rock.

Montalbano não deixava nunca de se espantar com o jeito de ser dos homens que trabalhavam em televisão. Por exemplo, mostravam as imagens de um terremoto com milhares de mortos, países inteiros desaparecidos, criancinhas feridas e em prantos, cadáveres despedaçados e, logo depois: "E agora, com vocês, belíssimas imagens do carnaval do Rio." Coloridos carros alegóricos, alegria, samba, bundas.

— Canalha, filho da puta! — fez Zito, vermelho de raiva, chutando uma cadeira.

— Espere aí que eu vou fazer a caminha dele — disse Montalbano.

Teclou rapidamente um número de telefone e ficou esperando um instantinho, com o fone encostado ao ouvido.

— Alô? Aqui é Montalbano. O senhor chefe de polícia, por favor. Sim, obrigado. Sim, eu aguardo na linha. Sim. Senhor chefe? Bom-dia. Queira me desculpar o incômodo, estou telefonando da Retelibera. Sim, eu sei que o jornalista Zito acaba de chamá-lo. Claro, é um cidadão que fez o seu dever. Antepôs aos seus interesses de jornalista... certo, relatarei... Pois é, eu queria lhe dizer, senhor chefe, que enquanto eu estava aqui houve mais um telefonema anônimo.

Nicolò olhou para ele, embasbacado, e fez aquele gesto com a mão em alcachofra que vinha a significar: "Mas que história é essa?"

— A mesma voz de antes — continuou Montalbano ao telefone — mandou que eles se preparassem para uma gravação. Só que, quando ligaram dali a cinco minutos, não somente o telefonema estava com muito ruído e não se entendia nada, como também o gravador não funcionou.

"Mas que merda você está inventando?", cochichou Nicolò.

— Sim, senhor chefe, eu permaneço no local, aguardando que liguem de novo. Como disse? A Televigàta acabou de transmitir o telefonema? Não é possível! Também repetiu o apelo do pai? Eu não sabia. Mas isso, se o senhor me permite, é inaudito! Configura-se como crime! Eles deveriam entregar a gravação às autoridades, e não transmiti-la! Como fez o jornalista Zito, justamente! O juiz está estudando as providências para o caso, diz o senhor? Ótimo! Isto mesmo! Ah, senhor chefe, me surgiu uma suspeita. Mas é só uma suspeita, veja bem. Se eles acabaram de telefonar de novo à Retelibera, certamente fizeram a mesma coisa com a Televigàta. E pode ser que na Televigàta tenham tido mais sorte e conseguido gravar esse segundo telefonema... Que certamente negarão haver recebido, porque vão querer usá-lo quando considerarem oportuno... Um jogo imundo, o senhor disse muito bem... Longe de mim a ideia de querer sugerir alguma coisa à sua experiência, mas creio que uma revista acuradíssima nas instalações da Televigàta pode vir a revelar... sim... sim... Meus efusivos cumprimentos, senhor chefe.

Nicolò o encarou, com admiração.

— Você é um verdadeiro mestre!

— Você verá que, entre as providências adotadas pelo juiz e a revista ordenada pelo chefe de polícia, eles não vão ter tempo nem de mijar. Retransmitir a edição extraordinária é o cacete!

Riram, mas logo depois Nicolò voltou a ficar sério.

— Ouvindo primeiro o pai e em seguida o que dizem os sequestradores, a impressão é a de uma conversa de surdos — disse. — O pai afirma que não tem uma lira sequer, e eles o mandam preparar um monte de dinheiro. Mesmo que ele venda a mansão, quanto poderá conseguir?

— Você é da mesma opinião do seu exímio colega Pippo Ragonese?

— Como assim?

— De que o sequestro foi obra de extracomunitários despreparados, ignaros de que têm tudo a perder e nada a ganhar.

— Nem por sonho.

— Pode ser que os sequestradores não tenham televisão e, portanto, não viram o apelo do pai.

— É, e também pode ser... — começou Nicolò, mas se interrompeu, em dúvida.

CAPÍTULO 7

— E então? — encorajou-o Montalbano.

— Me veio uma ideia. Mas tenho vergonha de dizer.

— Prometo que qualquer besteira que você diga não sairá desta sala.

— Uma ideia de filme americano. Corre por aí uma história de que os Mistretta, até cinco ou seis anos atrás, tinham grana. Mas depois foram obrigados a vender tudo. Então, será que o sequestro não foi organizado por alguém que retornou a Vigàta depois de longa ausência e por isso ignora a situação da família Mistretta?

— Essa sua ideia mais parece da dupla Totò e Peppino do que de filme americano. Ora, basta pensar! Não se faz sozinho um sequestro assim, Nicolò! Algum cúmplice teria avisado a esse homem retornado depois de tanto tempo que aos Mistretta quase falta até o pão! A propósito, como foi que eles perderam tudo?

— Sabe que eu não faço a mínima ideia? Ao que entendi, foram obrigados a liquidar, de uma hora para outra...
— Liquidar o quê?
— Terrenos, casas, lojas...
— Obrigados, diz você? Que estranho!
— Por que lhe parece estranho?
— É como se, seis anos atrás, eles já tivessem precisado urgentemente de dinheiro para pagar, sei lá, um resgate.
— Mas seis anos atrás não houve sequestro.
— Ou não houve ou ninguém soube.

Embora o juiz tivesse se movimentado logo, a Televigàta conseguiu apresentar mais uma vez a edição extraordinária, antes que chegasse a ordem de bloqueio por parte do magistrado. E, desta vez, diante dos aparelhos, não só toda Vigàta mas a província inteira de Montelusa ficou paralisada, vendo e ouvindo: o boca a boca havia sido fulminante. Os sequestradores, se haviam pretendido levar a situação ao conhecimento de todos, tinham conseguido em cheio.

Uma hora depois, em vez da terceira retransmissão da edição extraordinária, nos televisores apareceu Pippo Ragonese, com os olhos saindo das órbitas. Sentia-se no dever, disse ele com voz rouca, de informar a todos que naquele preciso momento a emissora estava sendo submetida a "um vexame inaudito, um verdadeiro abuso de poder, uma intimidação, o início de uma perseguição". Explicou que, por ordem da magistratura, a fita do telefonema dos sequestradores tinha sido apreendida e que as forças policiais estavam procedendo a uma revista na sede, em busca não se sabia de quê. Concluiu que jamais, em tempo algum, conseguiriam sufocar a voz da livre informação, representada por ele e pela Televigàta, e anunciou que constantemente manteria o público a par dos desdobramentos da "grave situação".

No escritório de Nicolò Zito, Montalbano curtiu todo o quiproquó por ele provocado. Em seguida retornou ao comissariado. Tinha acabado de entrar, quando recebeu uma chamada de Livia.

— Alô, Salvo?
— Livia! O que foi?

Se Livia o procurava no trabalho, alguma coisa séria devia ter acontecido.

— Marta me telefonou.

Marta Gianturco era a mulher de um oficial da Capitania, uma das poucas amigas de Livia em Vigàta.

— E daí?
— Me mandou ligar correndo a televisão e ver a edição extraordinária da Televigàta. E eu fiz isso.

Pausa.

— Foi terrível... a voz daquela pobre mocinha... lancinante... — continuou Livia, pouco depois.

O que ele podia dizer?

— É, sim... pois é... — fez Montalbano, só para deixar claro que continuava ouvindo.

— Depois também escutei Ragonese dizer que vocês estão revistando a sede deles.

— Bem... realmente...
— Em que altura estão?

"Com água pelo pescoço", Montalbano gostaria de responder. Mas disse:

— Estamos nos movimentando.
— Desconfiam que foi Ragonese quem sequestrou a garota? — perguntou Livia, com voz irônica.

— Livia, fazer sarcasmo agora não tem nada a ver. Eu já lhe disse que estamos nos movimentando.

— Assim espero — concluiu Livia, com uma entonação de tempestade, uma voz igual à que uma nuvem negra, carregada e baixa, poderia ter.

E desligou.

Pronto, agora Livia se metia a lhe dar telefonemas ofensivos e ameaçadores. Não era excessivo defini-la como ameaçadora? Não, não era. Ela era passível de queixa. Ora, não seja idiota e acabe logo com esta raiva. Está bastante calmo? Sim? Então, faça o que pretendia fazer. Chame quem deve chamar e deixe Livia para lá.

— Alô? Doutor Carlo Mistretta? Aqui é o comissário Montalbano.

— Alguma novidade?

— Nenhuma, lamento. Eu queria conversar um pouquinho com o senhor.

— Agora de manhã, estou ocupadíssimo. E à tarde também. Tenho negligenciado muito os meus pacientes. Pode ser à noite? Sim? Então, nos vemos na casa do meu irmão, por volta das...

— Desculpe, doutor, mas eu queria lhe falar a sós.

— Quer que eu vá ao comissariado?

— Não precisa se incomodar.

— Tudo bem. Nesse caso, apareça na minha residência em torno das 20 horas. Está bom para o senhor? Eu moro na rua... escute, é difícil explicar. Façamos o seguinte. Nos encontramos no primeiro posto de gasolina da estrada para Fela, logo na saída de Vigàta. Às 20 horas.

O telefone tocou de novo.

— Alô, dotô? Tem uma dona que quer falar com o senhor de pessoa pessoalmente. Diz que é coisa pessoal de pessoa pra pessoa.

— Ela disse como se chama?

— Acho que Piripipò, dotô.

Não era possível! Movido pela curiosidade de saber como se chamava realmente a senhora ao telefone, Montalbano atendeu.

— É vossenhoria, dotô? Aqui é Adelina Cirrinciò.

Sua empregada! Não a via desde quando Livia chegara. O que podia ter lhe acontecido? Ou, quem sabe, ela queria fazer uma ameaça tipo: se você não libertar a moça dentro de dois dias, eu não vou mais à sua casa pra lhe fazer comida. A perspectiva o aterrorizou. Até porque ele se lembrou de uma das frases preferidas de Adelina: "*Tilefunu e tiligramma portanu malanna*", telefone e telegrama trazem encrenca. Por conseguinte, se ela estava lançando mão do telefone, significava que a coisa a lhe comunicar era braba.

— O que foi, Adelì?

— Dotô, eu queria te participar que Pippina se despachou.

Quem era Pippina? E por que vir contar a ele que essa mulher havia parido? A doméstica percebeu o lapso de memória do comissário.

— Se esqueceu, dotô? Pippina é a mulher do meu filho Pasquali.

Adelina tinha dois filhos delinquentes que viviam entrando e saindo da cadeia. E ele tinha ido ao casamento do mais novo, Pasquale. Já tinham se passado mais de nove meses? Nossa Senhora, como o tempo corria! E Montalbano se entristeceu por duas razões: a primeira era que a velhice se aproximava cada vez mais, a segunda era que a velhice lhe provocava pensamentos banais e frases feitas, do tipo daquela que ele acabava de formular. E a raiva por ter pensado uma tal banalidade barrou o caminho à comoção.

— Macho ou fêmea?

— Macho, dotô.

— Parabéns e felicidades.

— Peraí, dotô. Pasquali e Pippina diz que no batizado o padrinho tem que ser vossenhoria.

Em suma, havia feito um cesto participando do casamento, e agora queriam que ele fizesse um cento como padrinho de batismo do recém-nascido.

— E quando é esse batizado?

— Daqui a dez dia.

— Adelì, me dê dois dias para pensar, tudo bem?

— Tudo bem. Quando é que a senhorita Livia vai embora?

Apresentou-se na trattoria de sempre quando Livia já se instalara. Pelo olhar que ela lhe cravou quando ele acabou de se sentar, percebia-se que a coisa estava preta.

— Em que ponto vocês estão? — atacou Livia.

— Mas se nós acabamos de falar disso não faz nem uma hora!

— E daí? Em uma hora podem acontecer muitas coisas.

— E este lhe parece o lugar adequado para falar do assunto?

— Sim. Porque, quando volta para casa, você não me conta nada do seu trabalho. Ou prefere que eu vá lhe perguntar no comissariado, doutor?

— Livia, realmente estamos fazendo o possível. Neste momento, boa parte dos meus homens, inclusive Mimì, junto com os de Montelusa, está batendo os campos próximos do local, à procura de...

— E como é que, enquanto seus homens batem os campos, você está tranquilamente comendo na trattoria comigo?

— O chefe de polícia quis assim.

— O chefe quis que, enquanto seus homens trabalham e aquela moça vive no horror, você esteja numa trattoria?

Ai, que saco!

— Livia, pare de escabichar!

— Você se esconde atrás do dialeto,* hein?

— Livia, como agente provocador você seria insuperável. O chefe dividiu as tarefas. Eu colaboro com Minutolo, que é o responsável pelas investigações, enquanto Mimì Augello, com outros, se dedica às buscas. E é um trabalho duro.

— Coitado do Mimì!

Todos coitados, para Livia. A moça, Mimì... Só ele não era digno de compaixão. Empurrou o prato de simples espaguete ao alho e óleo que lhe restara pedir, dada a presença de Livia, e Enzo, o dono, acorreu preocupado.

— O que houve, doutor?

— Nada, não estou com muita fome — mentiu ele.

Livia não disse palavra alguma, continuou comendo. Na tentativa de aliviar o clima, e entrar em condições de degustar o segundo prato que havia pedido, *aiole*** com um molhinho do qual lhe chegavam boas notícias com o cheiro vindo da cozinha, decidiu contar a Livia o telefonema que recebera da empregada. Mas começou com o pé esquerdo.

— Hoje de manhã, Adelina me ligou para o comissariado.

— Ah.

Seco, disparado como um tiro de revólver.

— O que significa este "ah"?

— Significa que Adelina lhe telefona para o comissariado e não para casa porque em casa eu poderia atender e ela ficaria transtornada.

— Tudo bem, esqueça.

---

* Montalbano dissera *smurritiare*, escarafunchar, esgaravatar. (*N. da T.*)
** *Aiola*, nome siciliano do *Pagellus mormyrus* ou *Lithognathus mormyrus*, peixe da família dos esparídeos, inexistente no Brasil e denominado ferreira ou mabre em Portugal. (*N. da T.*)

— Não, estou curiosa. O que ela queria?

— Que eu seja padrinho de batismo de um neto, filho do seu filho Pasquale.

— E você, respondeu o quê?

— Pedi dois dias para pensar. Mas confesso que estou propenso a dizer sim.

— Você é maluco! — explodiu Livia.

Falou em voz alta demais. O contador Militello, sentado à mesa instalada do lado esquerdo, parou com o garfo no ar e a boca aberta; o doutor Piscitello, sentado à mesa instalada do lado direito, engasgou com o gole de vinho que estava bebendo.

— Por quê? — estranhou Montalbano, que não esperava aquela reação violenta.

— Como assim, por quê? Pasquale, esse filho de sua bem-amada diarista, não é um delinquente habitual? Você mesmo não o prendeu várias vezes?

— E daí? Eu vou ser padrinho de um recém-nascido que, até prova em contrário, ainda não teve tempo de se tornar um delinquente habitual como o pai.

— Não estou dizendo isso. Sabe o que significa ser padrinho de batismo?

— Sei lá! Segurar o menino nos braços, enquanto o padre...

Com o indicador, Livia fez sinal de não.

— Meu querido, ser padrinho de batismo significa assumir responsabilidades precisas. Sabia?

— Não — fez Montalbano, sincero.

— O padrinho, em caso de impedimento do pai, deve substituí-lo para tudo o que se referir à criança. Torna-se uma espécie de vice-pai.

— É mesmo?! — impressionou-se o comissário.

— Se não acredita, informe-se. Por conseguinte, pode acontecer de você prender esse Pasquale e, enquanto ele estiver na cadeia, você terá que se preocupar com as necessidades do filho, com o comportamento... Percebeu?

— O que é que eu faço, trago as *aiole*? — interrompeu Enzo.
— Não — disse Montalbano.
— Sim — disse Livia.

Livia se recusou a ser levada de carro e retornou a Marinella de ônibus circular. Montalbano, já que não tinha comido nada, renunciou ao passeio pelo quebra-mar e, quando se apresentou no comissariado, ainda não eram 15 horas. Foi interceptado no portão por Catarella.

— Dotô, dotô, ah, dotô! O senhor e chefe de polícia tilifonou!
— Quando?
— Agora mesmo, ele está no tilifone!

O comissário atendeu no próprio cubículo que servia de central telefônica.

— Montalbano? Ative-se imediatamente — disse a voz imperiosa de Bonetti-Alderighi.

Como podia se ativar? Apertando uma tecla? Acionando uma manivela? Os colhões que começavam a girar em hélice assim que ele ouvia a voz do chefe já não eram uma ativação?

— Às ordens.
— Me foi comunicado neste momento que o doutor Augello, durante as buscas, levou um tombo e se machucou. Deve ser substituído imediatamente. Vá o senhor, provisoriamente. Não tome iniciativas. Dentro de poucas horas, providenciarei o envio de alguém mais jovem.

Ah, como era gentil e delicado o senhor chefe! "Alguém mais jovem." Mas ele mesmo, o que achava? Que ainda era um menininho de fralda e mamadeira?

— Gallo!

E, ao chamar esse nome, extravasou toda a irritação que lhe vinha de dentro. Gallo compareceu voando.

— O que foi, doutor?

— Informe-se onde se encontra o doutor Augello. Parece que ele se machucou. Temos de ir rendê-lo agora mesmo.

Gallo empalideceu.

— Maria Santíssima! — disse.

Por que se preocupava tanto com Mimì Augello? O comissário procurou consolá-lo.

— Calma, não creio que tenha sido grave. Ele deve ter escorregado e...

— Doutor, eu falava de mim.

— O que você tem?

— Não sei o que comi, doutor... o fato é que estou com o estômago revirado... toda hora vou ao banheiro.

— Pois então se segure.

Gallo saiu resmungando e voltou dali a poucos minutos.

— O doutor Augello e sua equipe estão no bairro Cancello, na estrada para Gallotta. A 45 minutos daqui.

— Vamos. Pegue a viatura.

Estavam rodando pela provincial havia meia hora quando Gallo se virou para Montalbano e disse:

— Doutor, não aguento mais.

— Quanto falta para chegarmos a Cancello?

— Só uns 3 quilômetros, mas eu...

— Tudo bem, pare assim que puder.

À direita começava uma espécie de atalho marcado no início por uma árvore, na qual estava pregada uma tábua que trazia escrito, com tinta vermelha: "Ovos frescos." O campo não era cultivado, uma floresta de plantas selvagens.

Gallo enveredou por ali, parou alguns metros adiante, saiu correndo da viatura e desapareceu atrás de uma touceira de escovinha. Montalbano também desceu e acendeu um cigarro. A uns trinta metros de distância havia um dado branco, uma casinha com um pequeno descampado na frente. Era ali que vendiam ovos frescos. Ele se chegou para a margem do atalho e abriu o zíper da calça. Que ficou preso na camisa e se recusou a continuar se abrindo. Montalbano baixou a cabeça para ver em que consistia o impasse e, ao fazer esse movimento, uma lâmina de luz refletida o golpeou nos olhos. Terminada a tarefa, o impasse se reapresentou e a coisa se repetiu igualzinha: o comissário baixou a cabeça e a lâmina de luz o feriu de novo. Então, procurou de onde partia o reflexo. Meio escondida pela parte baixa de uma moita estava uma forma arredondada. De imediato ele compreendeu de que se tratava e, em dois passos, alcançou a moita. Era um capacete de motociclista. Pequeno, adequado a uma cabeça feminina. Devia jazer ali havia pouquíssimos dias, porque estava só ligeiramente empoeirado. Novo, sem amassados. O comissário puxou do bolso o lenço, enrolou nele a mão direita, inclusive os dedos, acocorou-se, pegou o capacete, virou-o. Deitou-se de barriga para baixo a fim de olhar mais de perto o interior. Parecia limpíssimo, não havia manchas de sangue. Dois ou três fios louros, compridos, estavam presos dentro, destacando-se contra o preto do forro. Ele teve certeza, como se houvesse uma assinatura, de que aquele era o capacete de Susanna.

— Doutor, cadê o senhor?

Era a voz de Gallo. O comissário devolveu o capacete à posição original e se levantou.

— Venha cá.

Gallo se aproximou, curioso. Montalbano lhe apontou o capacete.

— Acho que é o da moça.

— Caramba, mas isso é que é nascer de cu pra lua! — comentou Gallo, sem conseguir se conter.

— O seu é que merece honra ao mérito investigativo — disse o comissário.

— Mas se o capacete está aqui, significa que a moça se encontra nas vizinhanças! Peço reforços?

— Isso é o que eles querem nos fazer acreditar, jogando o capacete por estas bandas. Tentam criar uma falsa pista.

— Então, fazemos o quê?

— Entre em contato com a equipe de Augello, que eles mandem correndo um agente para ficar de vigia. Você, enquanto ele não chega, não saia daqui, não quero que alguém de passagem leve o capacete. Aliás, desloque o carro para impedir a passagem.

— E quem o senhor acha que pode passar por aqui?

Sem responder, Montalbano começou a andar.

— Aonde o senhor vai?

— Vou ver se eles têm realmente ovos frescos.

Enquanto se aproximava da casinha, ouvia cada vez mais forte um có-có-có de galinhas que, no entanto, não se viam, o galinheiro devia ficar na parte de trás. Quando ele chegou ao descampado, pela porta aberta da casinha saiu uma mulher. Era uma trintona alta, cabelos pretos mas pele alva, um belo corpão, vestida nos trinques, com uma certa elegância, sapatos de salto alto. Por um instante, Montalbano imaginou uma senhora que tivesse vindo comprar ovos. Ela, porém, perguntou sorrindo:

— Por que deixou o carro longe? Podia deixar aqui em frente.

Montalbano fez um gesto vago.

— Fique à vontade — disse a mulher, precedendo-o.

A casinha era dividida em dois aposentos por um tabique. O anterior, que devia ser a sala de jantar, tinha no centro uma mesa sobre a qual se encontravam quatro cestinhas com ovos frescos; e também umas cadeiras de palha, aparador com telefone em cima, geladeira, um fogareiro a gás num canto. Outro canto estava protegido por uma cortina de plástico. A única coisa que destoava na salinha era uma cama de campanha arrumada como sofá. Tudo brilhava de limpeza. A mulher o encarava fixamente, mas não dizia nada. Depois de um tempinho, decidiu-se a perguntar, com um sorrisinho que o comissário não soube interpretar:

— O senhor quer ovos, ou...

O que significava aquele "ou"? A saída era tentar ver o que acontecia:

— Ou — disse Montalbano.

A mulher se afastou, foi dar uma rápida olhada no aposento de trás e em seguida fechou a porta. O comissário imaginou que no outro cômodo, evidentemente o quarto de dormir, havia alguém, talvez uma criancinha adormecida. Depois a mulher se sentou na cama de campanha, tirou os sapatos e começou a desabotoar a blusa.

— Feche a porta de fora. Se quiser se lavar, tem tudo atrás da cortina — disse a Montalbano.

Agora o comissário sabia o significado daquele "ou".

— Não, não é isso — disse.

CAPÍTULO 8

A mulher o encarou, perplexa.

— Eu sou o comissário Montalbano.

— Valha-me Nossenhora! — exclamou ela, enrubescendo e pulando de pé como uma mola.

— Não se apavore. Você tem licença para vender ovos?

— Tenho, sim. Vou buscar.

— Isso é o que importa. Não, eu não preciso vê-la, mas algum colega meu seguramente vai lhe pedir para mostrar.

— Mas por quê? O que aconteceu?

— Primeiro me responda. Você mora sozinha aqui?

— Não senhor, com meu marido.

— E cadê ele?

— *Drabanna*.

Na outra banda? No outro aposento? Montalbano se espantou. Mas como, o marido ficava ali, fresquinho e sereno, enquanto do lado de cá sua mulher transava com o primeiro que aparecia?

— Vá chamá-lo.
— Não pode vir.
— Por quê?
— *Unn'avi gammi.*
Não tem pernas.
— Tiveram que cortar, depois da desgraça — continuou a mulher.
— Que desgraça?
— Ele trabalhava com trator no campo e o trator capotou.
— Quando aconteceu?
— Faz três anos. Dois anos depois que a gente casou.
— Quero vê-lo.

A mulher foi abrir a porta e afastou-se para o lado. O comissário entrou, sentindo as narinas invadidas por um bafio de remédios. Numa cama de casal estava um homem semiadormecido, respirando pesado. Num canto do quarto havia um televisor com uma poltrona em frente. O tampo de uma penteadeira estava literalmente lotado de medicamentos e seringas.

— Cortaram também a mão esquerda — disse baixinho a mulher —, ele tem dores horríveis, dia e noite.
— Por que não o interna no hospital?
— Eu cuido melhor dele. Mas os remédios são caros. E eu não quero deixar faltar. Nem que tenha que vender até os olhos. Por isso recebo homens. O doutor Mistretta me mandou dar uma injeção quando ele não aguenta a dor. Uma hora atrás tava gritando, chorando, queria morrer, me pediu pra matar ele. Aí eu dei a injeção.

Montalbano olhou a penteadeira. Morfina.

— Vamos para a sala.

Voltaram ao primeiro aposento.

— Você soube que sequestraram uma moça?

— Soube. Vi na televisão.

— Nestes últimos dias, notou algo de estranho por estas bandas?

— Nada.

— Tem certeza?

A mulher hesitou.

— Na outra noite... mas pode ser besteira minha.

— Diga mesmo assim.

— Na outra noite eu tava acordada e ouvi um carro chegando... achei que alguém vinha me procurar e me levantei da cama.

— Também recebe clientes à noite?

— Sim senhor. Mas são pessoas de bem, civilizadas, não querem aparecer de dia. Antes de vir, telefonam. Por isso eu me espantei com esse carro, porque ninguém tinha telefonado. Mas o carro chegou aqui em frente e voltou, porque só aqui tem espaço pra manobrar.

Impossível que aquela coitada e aquele infeliz, estropiado em cima de uma cama, tivessem a ver com o sequestro. Além disso a casa era exposta, muito frequentada por estranhos, com luz do dia ou no escuro.

— Escute — disse Montalbano —, no lugar onde eu mandei parar a viatura nós achamos uma coisa que talvez pertença à moça sequestrada.

A mulher ficou branca como um lençol.

— *Nuatri nun ci trasemu* — disse, firme.

Nós não temos nada a ver com isso.

— Eu sei. Mas você será interrogada. Conte aos policiais a história do automóvel, mas não diga que à noite vêm pessoas procurá-la. Não se mostre vestida assim, tire a maquilagem e esses sapatos de salto. A cama de campanha, leve para o quarto. Você só vende ovos, entendeu?

Ouviu um ruído de motor e saiu da casa. Havia chegado o agente chamado por Gallo. Mas com o agente estava também Mimì Augello.

— Eu estava vindo render você — disse Montalbano.

— Não precisa mais — respondeu Mimì. — Mandaram Bonolis, com o encargo de coordenar as buscas. Evidentemente, o chefe não queria lhe dar o comando nem por um minuto. Podemos retornar a Vigàta.

Enquanto Gallo mostrava ao colega o lugar onde estava o capacete, Mimì se transferiu para a outra viatura ajudado por Montalbano.

— Mas o que lhe aconteceu?

— Caí num fosso cheio de pedras. Devo ter fraturado umas costelas. Já comunicou que encontrou o capacete?

Montalbano deu um tapa forte na testa.

— Puxa, esqueci!

Augello conhecia Montalbano suficientemente bem para saber que ele, quando se esquecia de uma coisa, era porque não estava com vontade de fazê-la.

— Quer que eu ligue?

— Sim. Telefone a Minutolo e conte tudo.

Tinham iniciado a viagem de volta quando Augello disse, com ar indiferente:

— Sabe de uma coisa?

— Você faz isso de propósito?

— Isso o quê?

— Me perguntar se eu sei de uma coisa. É uma pergunta que me deixa furioso.

— Tudo bem, tudo bem. Duas horas atrás, os *carabinieri* comunicaram o achado da mochila da garota.
— Tem certeza de que é a dela?
— Como não?! Pois se dentro estava a carteira de identidade!
— E que mais?
— Nada. Vazia.
— Ainda bem — disse o comissário. — Um a um.
— Não entendi.
— Nós achamos uma coisa e os *carabinieri*, outra. Empate. Onde estava a mochila?
— Na estrada para Montereale. Atrás da pedra que indica o quarto quilômetro. Estava bastante visível.
— Ou seja, do lado oposto àquele onde estava o capacete!
— Justamente.
Caiu um silêncio.
— Esse seu "justamente" significa que você pensa exatamente a mesma coisa que eu?
— Justamente.
— Vou tentar traduzir essa sua concisão em palavras mais claras. Ou seja, que todas essas buscas, todas essas batidas são apenas perda de tempo, uma soleníssima sacanagem.
— Justamente.
— Continuo traduzindo. Na sua e na minha opinião, os sequestradores, na própria noite do sequestro, pegaram um carro e saíram por aí, jogando pelo caminho os objetos que pertenciam a Susanna para criar uma série de pistas falsas. O que vem a significar...
— ...que a moça não está sendo mantida prisioneira perto dos lugares onde foram achadas as suas coisas — concluiu Mimì. E acrescentou:
— E seria bom tentar convencer o chefe de polícia, senão ele nos manda fazer batidas até no maciço Aspromonte.

À sua espera no comissariado, Montalbano encontrou Fazio, que já sabia dos achados e tinha nas mãos uma maleta.

— Vai viajar?

— Não, doutor. Estou de volta à mansão, o doutor Minutolo quer que eu fique de plantão no telefone. Aqui dentro tenho umas mudas de roupa-branca.

— Queria me dizer alguma coisa?

— Sim. Doutor, depois da edição extraordinária da Televigàta, o telefone da mansão ficou congestionado... nada de interessante, pedidos de entrevista, palavras de solidariedade, gente rezando, coisas assim. Mas houve duas chamadas em tom diferente. A primeira era de um ex-funcionário administrativo da Peruzzo.

— E o que é a Peruzzo?

— Não sei, doutor. Mas ele se identificou assim, afirmou que seu nome não importava. E me mandou dizer ao senhor Mistretta que orgulho é bom, mas orgulho demais prejudica. Só isso.

— Bah. E o outro telefonema?

— Uma voz de mulher, uma anciã. Queria falar com a senhora Mistretta. Finalmente se convenceu de que a coitada não podia vir ao telefone, e então me mandou repetir para ela exatamente estas palavras: a vida de Susanna está nas suas mãos, remova os obstáculos e dê o primeiro passo.

— Você entendeu alguma coisa?

— Nadinha. Doutor, estou indo. O senhor vai passar pela mansão?

— Esta noite, não creio. Escute, você falou desses telefonemas ao doutor Minutolo?

— Não senhor.

— Por quê?

— Porque achei que ele não os julgaria importantes. Ao passo que, para o senhor, podem parecer interessantes.

Fazio saiu.

Tira competente, havia percebido que aqueles dois telefonemas eram incompreensíveis, sim, mas tinham algo em comum. Isso era pouco, mas indiscutível. De fato, tanto o ex-funcionário da Peruzzo quanto a velha senhora convidavam os Mistretta, marido e mulher, a mudar de atitude. O primeiro aconselhava ao marido mais flexibilidade, a segunda sugeria à mulher até mesmo tomar a iniciativa, "remover os obstáculos". Talvez a investigação, até aquele momento inteiramente voltada para fora, devesse mudar de rumo, ou seja, passar a examinar o interior da família da sequestrada. A esta altura, pensou Montalbano, era importante poder conversar com a senhora Mistretta. Mas em que condições estava a enferma? E também: como ele justificaria suas perguntas, se a doente ignorava o sequestro da filha? O doutor Mistretta poderia lhe dar uma grande ajuda. Olhou o relógio. Eram 19h40.

Telefonou a Livia, avisando que chegaria tarde para o jantar. Engoliu, sem reagir, porque não tinha tempo para bater boca, a irritada reação dela:

— Não tem uma única vez em que a gente possa jantar no horário!

O telefone tocou novamente: era Gallo. No hospital de Montelusa, tinham resolvido manter Mimì em observação.

Chegou exatamente às 20 horas, com pontualidade de relógio suíço, ao primeiro posto de gasolina da estrada para Fela, mas do doutor Mistretta nem sombra. Depois de dez minutos e dois cigarros, o comissário começou a se preocupar. Com os médicos, nunca se pode confiar. Se lhe marcam uma hora no consultório, no mínimo fazem você esperar uma hora; se combinam um encontro fora, apresentam-se do mesmo jeito uma hora depois, com a desculpa de um paciente que apareceu no último minuto.

O doutor Mistretta estacionou seu carro *off-road* ao lado do automóvel de Montalbano com um atraso de apenas meia hora.

— Desculpe, mas no último minuto um paciente...
— Entendo.
— Pode me seguir?

E partiram, um na frente e outro atrás. E sempre um na frente e outro atrás rodaram e rodaram, deixaram a rodovia nacional, deixaram a provincial, entraram e saíram por trilhas. Finalmente chegaram a uma solitária zona rural, diante do portão fechado de uma mansão bem maior que a do irmão geólogo e mais conservada. Era circundada por um muro alto. Mas afinal, esses Mistretta se sentiam rebaixados se não morassem em palacetes no campo? O doutor desceu, abriu o portão, entrou com o veículo e acenou a Montalbano para também entrar com o carro dele.

Estacionaram no jardim, que não era mal conservado como o da outra casa, mas pouco faltava para isso.

À direita via-se outra grande construção de teto baixo, talvez um antigo estábulo. O doutor abriu a porta, acendeu as luzes, instalou o comissário num salão amplo.

— Um momento, vou fechar o portão.

Estava claro que ele não tinha família, morava sozinho. O salão era bem mobiliado e bem mantido, uma parede estava inteiramente ocupada por uma rica coleção de vidros pintados. Montalbano se encantou olhando aquelas cores berrantes, aqueles desenhos ao mesmo tempo ingênuos e refinados. Outra parede estava quase toda coberta por prateleiras de livros. Não de medicina ou científicos, como ele havia suposto, mas romances.

— Desculpe — disse o doutor, entrando de volta. — Posso lhe oferecer alguma coisa?

— Não, obrigado. O senhor não é casado, doutor?

— Quando jovem, nunca tive intenção de me casar. Depois, um dia, me dei conta de que já estava em idade avançada para isso.

— E mora sozinho aqui?

O doutor sorriu.

— Compreendo o que o senhor quer dizer. Esta casa de campo é grande demais para uma pessoa só. Antigamente, ao redor havia vinhedos, olivais... Na construção que o senhor viu ao lado da casa permaneceram lagares, adegas e prensas hoje não utilizados... Aqui, o andar de cima está fechado há tempos imemoriais. Sim, nos últimos anos eu moro sozinho. Tenho uma empregada que cuida da casa três vezes por semana, na parte da manhã. Para as refeições... eu me arranjo.

Fez uma pausa.

— Ou então vou comer na casa de uma amiga. Mais cedo ou mais tarde, o senhor viria a saber mesmo. Uma amiga minha, viúva, com quem tenho uma relação há mais de dez anos. E isso é tudo.

— Eu lhe agradeço, doutor, mas meu objetivo, vindo encontrá-lo, é saber alguma coisa sobre a doença de sua cunhada, desde que o senhor queira e possa...

— Não há neste caso nenhum sigilo profissional a observar, comissário. Minha cunhada foi envenenada. Um envenenamento irreversível, que a está levando inexoravelmente à morte.

— Envenenaram a senhora Mistretta?!

Uma pancada na cabeça, uma pedra caída do céu, um soco na cara. O choque repentino e violento dessa revelação feita pacatamente, quase sem participação emocional, atingiu fisicamente o comissário, a ponto de seus ouvidos fazerem driiim. Ou aquele driiim curtíssimo tinha soado realmente? Alguém teria apertado a campainha do portão? O telefone que estava sobre um aparador ameaçara tocar? Mas o doutor pareceu não ter ouvido nada.

— Por que usa o plural? — perguntou, sempre sem se alterar, como um professor que sublinha um pequeno erro na redação. — Quem a envenenou foi um só homem.

— E o senhor sabe o nome dele?

— Claro — disse o médico, sorrindo.

Não: olhando melhor, não era um sorriso aquilo que se estampara na face de Carlo Mistretta, mas uma careta. Ou, mais precisamente, um esgar.

— Por que não o denunciou?

— Porque ele não é legalmente processável. Quem acha o mesmo que eu só pode denunciá-lo ao Pai Eterno, o qual, aliás, já deve ter conhecimento de tudo.

Montalbano começou a compreender.

— Quando diz que ela foi envenenada, o senhor recorre a uma espécie de metáfora, não é?

— Digamos que eu não me atenho a termos necessariamente científicos. Adoto palavras e expressões que, como médico, não deveria usar. Mas o senhor não está aqui para conhecer um relatório médico.

— E por qual coisa a senhora Mistretta teria sido envenenada?

— Pela vida. Como vê, continuo usando palavras inaceitáveis para um diagnóstico. Pela vida. Ou melhor: houve alguém que a obrigou cruelmente a empreender a travessia de um território obsceno da existência. E Giulia a certa altura se recusou a prosseguir. Abandonou toda defesa, toda resistência, deixou-se levar completamente.

Falava bem, aquele Carlo Mistretta. Mas o comissário precisava ouvir fatos, e não belas frases.

— Me perdoe, doutor, mas sou obrigado a lhe perguntar mais. Terá sido o marido, talvez involuntariamente, quem...

Os lábios de Carlo Mistretta mal descobriram os dentes. Esse, porém, era seu modo de sorrir.

— Meu irmão? Está brincando? Ele daria a vida pela esposa. E, quando o senhor souber da história toda, verá que sua suspeita é absurda.

— Um amante?

O doutor pareceu aturdido.

— Hein?

— Eu dizia: outro homem, uma decepção amorosa, desculpe, mas...

— Creio que o único homem da vida de Giulia foi meu irmão.

A essa altura, Montalbano perdeu a paciência. Cansara-se de brincar de chicotinho-queimado. Além disso, não simpatizava propriamente com Carlo Mistretta. Já ia abrindo a boca e começando a fazer perguntas menos cautelosas quando o doutor, como se tivesse percebido a mudança no comissário, levantou a mão para detê-lo.

— O irmão — disse.

Jesus! E de onde saía agora esse irmão? E ainda: irmão de quem?

Montalbano havia compreendido de repente que naquela história entre irmãos, tios, cunhados e sobrinhos iria ficar perdido.

— O irmão de Giulia — prosseguiu o doutor.

— Ela tem um irmão?

— Sim. Antonio.

— E como é que ele não...

— Não se manifestou nem mesmo nesta circunstância dramática porque eles não se frequentam há tempo. Há muito tempo.

E, aqui, aconteceu a Montalbano uma coisa que volta e meia lhe sucedia quando ele fazia uma investigação. Ou seja, alguns dados aparentemente sem relação entre si se agregavam de repente em seu cérebro, e cada pedaço se colocava no lugar certo do quebra-cabeça a montar. E isso ocorria até mesmo antes que ele tivesse perfeita consciência. De modo que foram os lábios do comissário, quase independentemente dele, que perguntaram:

— Digamos, há seis anos?

O doutor o encarou, surpreso.

— O senhor já sabe de tudo?

Montalbano fez um gesto que não significava nada.

— Não, não foi há seis anos — esclareceu o doutor. — Mas, seis anos atrás, tudo começou. Veja, minha cunhada Giulia e seu irmão Antonio, que é três anos mais novo do que ela, ficaram órfãos ainda crianças. Uma desgraça, os pais morreram num acidente ferroviário. Tinham algumas propriedades pequenas. Os órfãos foram para a casa de um tio materno, solteiro, que sempre os tratou com muito afeto. Giulia e Antonio cresceram ligadíssimos entre si, como acontece frequentemente aos órfãos. Pouco depois de Giulia completar 16 anos, o tio morreu. Os dois dispunham de muito pouco dinheiro. Giulia abandonou a escola para que Antonio pudesse continuar estudando e começou a trabalhar como balconista. Salvatore, o meu irmão, conheceu-a quando ela estava com 20 anos, e se apaixonou. Ou melhor, apaixonaram-se. Mas Giulia se recusou a desposá-lo enquanto não visse Antonio diplomado e ajeitado na vida. Nunca aceitou a mínima ajuda econômica do futuro marido, fez tudo sozinha. Por fim Antonio se tornou engenheiro, arrumou um bom trabalho e, assim, Giulia e Salvatore puderam se casar. Cerca de três anos após o casamento, meu irmão foi convidado a ir trabalhar no Uruguai. Aceitou e partiu com a mulher. Enquanto isso...

O toque do telefone, no silêncio da mansão e do campo ao redor, pareceu uma rajada de AK-47. O doutor levantou-se de pronto e foi até o aparador onde estava o aparelho.

— Alô?... Sim, pode falar... Quando?... Sim, vou agora mesmo... O comissário Montalbano está aqui comigo, quer falar com ele?

Estava branco. Virou-se sem falar, estendendo o fone a Montalbano. Era Fazio.

— Doutor? Procurei o senhor no comissariado e em casa, mas não souberam me dizer... Os sequestradores ligaram menos de dez minutos atrás... É melhor que o senhor também venha.

— Estou indo.

— Só um momento — disse Carlo Mistretta —, eu vou buscar lá dentro uns remédios para Salvatore, ele está transtornado.

Saiu. Tinham telefonado antecipadamente. Por quê? Alguma coisa estaria dando errado para eles e já não tinham tanto tempo à disposição? Ou seria uma simples tática para confundir as ideias de todos? O doutor voltou com uma maletinha.

— Eu vou na frente e o senhor me segue no seu carro. Daqui há uma estrada mais curta para chegar à casa do meu irmão.

CAPÍTULO 9

Chegaram em menos de meia hora. Veio abrir o portão um agente de Montelusa que não conhecia o comissário. Deixou passar o doutor e depois bloqueou o carro de Montalbano.

— Quem é o senhor?

— Quanto não daria eu mesmo para saber! Digamos que, convencionalmente, sou o comissário Montalbano.

O agente o encarou, espantado, mas deixou-o entrar com o automóvel. No salão só se encontravam Minutolo e Fazio.

— Onde está o meu irmão? — perguntou o doutor.

— Quando escutou o telefone — respondeu Minutolo —, ele quase desmaiou. Então fui chamar lá em cima a enfermeira, que o reanimou e o convenceu a ir descansar um pouco.

— Vou subir — disse o doutor.

E saiu com sua maletinha. Enquanto isso, Fazio havia preparado as geringonças junto ao telefone.

— É também uma mensagem gravada — avisou Minutolo. — E, desta vez, eles foram claros. Ouça, e depois a gente conversa.

Escutem atentamente. Susanna está bem de saúde, mas desesperada, porque desejaria estar junto da mãe. Preparem 6 bilhões. Repito: 6 bilhões. Os Mistretta sabem onde encontrá-los. Até logo.

A mesma voz masculina, disfarçada, do primeiro telefonema.

— Conseguiram detectar de onde vinha? — perguntou Montalbano.

— Que perguntas inúteis você faz! — devolveu Minutolo.

— Desta vez, não fizeram ouvir a voz de Susanna.

— Pois é.

— E falam de bilhões.

— E de que você quer que eles falem? — perguntou Minutolo, irônico.

— De euros.

— Mas não é a mesma coisa?

— Não, não é. A não ser que você pertença àquela categoria de negociantes que fazem mil liras equivalerem a 1 euro.

— Explique-se melhor.

— Nada, uma impressão.

— Diga.

— Quem nos manda a mensagem tem uma cabeça que funciona à antiga, para ele é natural contar em liras e não em euros. Ele não disse 3 milhões de euros, disse 6 bilhões. Em suma, para mim, significa que quem telefona tem uma certa idade.

— Ou então é tão esperto que nos induz a fazer esses raciocínios — disse Minutolo. — Ele nos tapeia, como fez com o capacete, que deixou num lado, e a mochila, que abandonou em outro.

— Posso sair um pouquinho? Preciso de ar puro. Cinco minutos e volto. Até porque, se alguém telefonar, os senhores estão aí — pediu Fazio.

Não que realmente precisasse, mas não lhe parecia certo ficar escutando as conversas dos dois superiores.

— Pode ir, pode ir — disseram ao mesmo tempo Minutolo e Montalbano.

— Mas nesse telefonema há um elemento de novidade que me parece bastante sério — retomou Minutolo.

— Pois é — disse Montalbano. — O sequestrador tem certeza de que os Mistretta sabem onde arrumar os 6 bilhões.

— Ao passo que nós não temos a mínima ideia.

— Mas podemos ter.

— Como?

— Nos colocando na posição dos sequestradores.

— Está brincando?

— De jeito nenhum. Eu dizia que também nós podemos obrigar os Mistretta a dar os passos necessários na direção certa, aquela pela qual é possível conseguir o dinheiro para o resgate. E esses passos poderiam esclarecer muita coisa.

— Não entendo.

— Vou resumir, assim você entende. Os sequestradores sabiam muito bem, desde o início, que os Mistretta não tinham condições de pagar o resgate e mesmo assim levaram a moça. Por quê? Porque sabiam que os Mistretta, em caso de necessidade, podiam entrar na posse de uma vultosa cifra. Até aqui, você concorda?

— Sim.

— Bom, quem conhece essa possibilidade dos Mistretta não são só os sequestradores.

— Ah, não?

— Não.

— Como é que você sabe?

— Fazio me relatou dois telefonemas estranhos. Peça para ele lhe contar.

— Por que ele não comunicou a mim também?

— Deve ter esquecido — mentiu Montalbano.

— Concretamente, o que eu deveria fazer?

— Já avisou o juiz sobre este telefonema?

— Ainda não. Vou avisar agora mesmo.

E Minutolo fez menção de pegar o fone.

— Espere. Você deve sugerir que, como os sequestradores fizeram agora uma exigência precisa, ele deve mandar bloquear os bens do senhor Mistretta e da esposa. E comunicar imediatamente essa medida à imprensa.

— Mas qual seria a utilidade disso? Os Mistretta não têm uma lira, todo mundo sabe. Seria um ato puramente formal.

— Certo. Seria formal se ficasse entre você, eu, o juiz e os Mistretta. Mas eu também disse que a medida tem de ser divulgada. A opinião pública pode até ser uma bosta, como há quem sustente, mas conta. E a opinião pública começará a se perguntar se é verdade que os Mistretta sabem onde achar o dinheiro, e, em sendo verdade, por que não fazem o que deve ser feito para tomar posse dele. É capaz até de os próprios sequestradores serem obrigados a dizer o que os Mistretta devem fazer. E alguma coisa acabaria vindo à luz. Porque este, meu caro, assim a olho, não me parece um simples sequestro.

— Então, é o quê?

— Não sei. Me dá a impressão de um jogo de bilhar, quando a gente impele a bola para a outra borda, porque dali ela ricocheteará para o lado oposto.

— Quer saber? Assim que o pai de Susanna se recuperar um pouquinho, vou dar um aperto nele.

— Faça isso. Mas tenha em mente uma coisa: mesmo que, daqui a cinco minutos, venhamos a conhecer a verdade pelos Mistretta, isso não altera que o juiz proceda como estabelecemos. Eu, se você me permitir, vou falar com o médico assim que ele descer. Eu estava na casa dele quando Fazio telefonou. O doutor tinha começado a me contar uma história interessante, vale a pena continuar.

Nesse momento, Carlo Mistretta entrou no salão.

— É verdade que pediram 6 bilhões?

— Sim — disse Minutolo.

— Coitada da minha sobrinha! — exclamou o doutor.

— Venha tomar um pouco de ar — convidou Montalbano.

O doutor o seguiu parecendo um sonâmbulo. Sentaram-se num banco do jardim. Montalbano viu Fazio voltando apressadamente para o salão. Já ia abrindo a boca quando o doutor, mais uma vez, antecipou-se:

— O telefonema que meu irmão me contou se encaixa justamente na história que eu estava lhe contando em minha casa.

— Estou certo disso — disse o comissário. — Por isso, seria necessário, se o senhor tiver disposição para...

— Tenho. Em que altura paramos?

— Que seu irmão e a mulher tinham se transferido para o Uruguai.

— Ah, sim. Menos de um ano depois, Giulia escreveu uma longa carta a Antonio. Propunha que ele também fosse para o Uruguai, havia ótimas perspectivas de trabalho, o país estava em vias de desenvolvimento, Salvatore havia conquistado a estima de pessoas importantes e podia ajudá-lo... Esqueci de lhe dizer que Antonio é formado em engenharia civil, sabe como é, pontes, viadutos, estradas... Bom, ele aceitou e partiu. Nos primeiros tempos, minha cunhada o apoiou sem se poupar. Antonio ficou cinco anos no Uruguai. Imagine que, em Montevidéu, eles tinham comprado dois apartamentos num mesmo prédio, para serem vizinhos. Além disso, Salvatore, por seu trabalho, ficava meses inteiros longe de casa e se sentia mais tranquilo sabendo que não tinha deixado a esposa sozinha. Em suma, naqueles cinco anos Antonio fez uma fortuna. Não tanto como engenheiro, meu irmão me explicou depois, quanto com a habilidade demonstrada em se arranjar entre as zonas francas, que lá eram muitas... um modo mais ou menos legal de sonegar e fazer sonegar impostos.

— Por que voltou, então?

— Ele disse que estava com muita saudade da Sicília, que não aguentava mais. E que, com todo o dinheiro que possuía agora, podia se estabelecer por conta própria. Só que depois, e não nessa ocasião, meu irmão desconfiou de que houvesse uma razão mais séria.

— Qual?

— Que ele tivesse dado um passo em falso e temesse pela sua vida. Nos dois meses que precederam a partida, ficou de péssimo humor, mas Giulia e Salvatore atribuíam isso à separação iminente. Eles eram uma só família. E de fato Giulia sofreu muito com a partida do irmão. Tanto que Salvatore aceitou uma oferta de trabalho no Brasil, só para fazê-la viver num ambiente novo e diferente.

— E não se viram mais, até quando...

— De jeito nenhum! Além de o casal e Antonio se telefonarem e se escreverem continuamente, Giulia e Salvatore vinham à Itália pelo menos a cada dois anos e passavam as férias com Antonio. Imagine que, quando nasceu Susanna...

E ao dizer esse nome a voz do doutor se embargou.

— ...quando nasceu Susanna, que veio tarde, eles já não esperavam ter filhos, trouxeram a menina para ser batizada por Antonio, que estava muito cheio de compromissos para se deslocar. Oito anos atrás, meu irmão e Giulia voltaram a morar aqui definitivamente. Estavam cansados, haviam circulado por quase toda a América do Sul, queriam que Susanna crescesse entre nós, e de resto Salvatore havia economizado bastante.

— Podia ser considerado um homem rico?

— Sinceramente, sim. Era eu que cuidava de tudo. Investia suas remessas em títulos, terrenos, casas... Assim que eles chegaram, Antonio lhes comunicou que estava noivo e se casaria logo depois. A notícia deixou Giulia muito surpresa: por que seu irmão nunca lhe mencionara ter conhecido uma moça com quem pretendia se casar? Teve a resposta quando Antonio lhe apresentou Valeria, a futura esposa. Uma jovem lindíssima, de 20 anos. E ele, Antonio, já rumava para os 50. E havia literalmente perdido a cabeça por aquela moça.

— Ainda são casados? — perguntou Montalbano, com involuntária malignidade.

— Sim. Mas Antonio logo descobriu que, para mantê-la na linha, devia cobri-la de presentes, satisfazer todos os desejos dela.

— E se arruinou?

— Não, as coisas não foram assim. Aconteceu a operação Mãos Limpas.

— Um momento — interrompeu Montalbano. — A história da Mãos Limpas começou em Milão, mais de dez anos atrás, quando seu irmão e a esposa ainda se encontravam no exterior. E antes do casamento de Antonio.

— É verdade. Mas o senhor esqueceu como é a Itália? Tudo aquilo que acontece no norte, fascismo, libertação, industrialização, só nos chega com muito atraso, como uma onda preguiçosa. Finalmente, algum magistrado daqui do Sul acordou. Antonio havia vencido muitas concorrências de obras públicas, não me pergunte de que jeito, porque eu não sei e não quero saber, embora seja fácil intuir.

— Foi investigado?

— Ele mesmo fez o primeiro movimento. É um homem muito hábil. Sua salvação diante de uma eventual investigação, que seguramente o levaria à detenção e à condenação, consistia em fazer sumirem alguns documentos. Foi o que ele confessou à irmã, em lágrimas, numa noite seis anos atrás. E acrescentou que o custo dessa operação de sumiço de papéis era de 2 bilhões. A serem obtidos em no máximo um mês, porque naquele momento ele não tinha liquidez e não queria pedir dinheiro aos bancos. Naquele período, qualquer coisa que fizesse podia ser mal interpretada. Disse que sentia vontade de rir e de chorar, porque 2 bilhões eram uma ninharia diante das enormes somas que lhe passavam pelas mãos. No entanto, aqueles 2 bilhões o salvariam. E, afinal, eram um empréstimo. Ele se comprometia a restituir em três meses a soma inteira, majorada pelas perdas sofridas em consequência da liquidação que eles fariam às pressas. Giulia e meu irmão passaram a noite em claro, discutindo. Mas Salvatore daria a roupa do corpo para não assistir ao desespero da mulher. Na manhã seguinte, me chamaram e me informaram sobre o pedido de Antonio.

— E o senhor?

— Confesso que, num primeiro momento, reagi mal. Depois tive uma ideia.

— Qual?

— Eu disse que aquele pedido me parecia uma loucura, um absurdo. Bastava que Valeria, a jovem esposa, vendesse a Ferrari, o barco, algumas joias, e os 2 bilhões seriam conseguidos facilmente. Ou então, se essa cifra não fosse atingida, eu mesmo poderia cobrir a diferença, mas só a diferença. Em suma, tentei limitar o dano.

— E conseguiu?

— Não. Naquele mesmo dia, Giulia e Salvatore conversaram com Antonio e expuseram minha proposta. Mas Antonio começou a chorar, naqueles dias tinha o pranto fácil. Disse que, se aceitasse, não só perderia Valeria, mas também a coisa seria divulgada por aí e ele perderia também o crédito de que gozava. Diriam que ele estava à beira da falência. E assim meu irmão decidiu vender tudo abaixo do custo.

— Por pura curiosidade: quanto conseguiram?

— Um bilhão e 750 milhões. Em um mês, não possuíam mais nada, só a pensão de Salvatore.

— Mais uma curiosidade, queira desculpar. O senhor sabe como Antonio reagiu quando lhe foi entregue uma soma inferior?

— Mas ele recebeu os 2 bilhões que queria!

— E quem cobriu a diferença?

— É mesmo necessário dizer?

— Sim.

— Eu — respondeu o doutor, de má vontade.

— E depois, o que aconteceu?

— Aconteceu que, passados os três meses, Giulia perguntou a Antonio se ele podia restituir o empréstimo, ao menos em parte. O irmão pediu uma prorrogação de uma semana. Veja que não havia nada escrito, obrigações, promissórias, cheques pré-datados, nada. A única coisa escrita era o recibo dos 250 milhões, que meu irmão insistiu em me dar. Quatro dias depois, Antonio recebeu uma intimação. Era acusado de várias coisas, entre as quais corrupção de funcionário público, falsificação de balanço e por aí vai. Quando Giulia, cinco meses depois, quis mandar Susanna estudar em Florença num colégio exclusivo e tornou a pedir a devolução de pelo menos uma parte do empréstimo, Antonio respondeu grosseiramente que aquele não era o momento. E Susanna ficou estudando aqui. Em suma, para encurtar a história, esse momento nunca chegou.

— O senhor está me dizendo que aqueles 2 bilhões ainda não foram restituídos?

— Exatamente. Antonio se livrou do processo, muito provavelmente porque havia feito desaparecerem os documentos que o incriminavam, mas, misteriosamente, uma empresa dele faliu. Por uma espécie de efeito dominó, suas outras sociedades tiveram o mesmo fim. Ferraram-se todos, credores, fornecedores, empregados, operários. Além disso, a mulher dele tinha adquirido o vício do jogo e perdido somas inacreditáveis. Três anos atrás, houve uma cena entre irmão e irmã, as relações entre os dois cessaram e a doença de Giulia começou. Ela não queria mais viver. E, como o senhor facilmente compreenderá, não era por uma simples questão de dinheiro.

— Como vão hoje os negócios de Antonio?

— Magnificamente. Dois anos atrás ele conseguiu outros capitais, creio que as falências foram todas fraudulentas e, na realidade, ele tinha mandado seu dinheiro para fora ilegalmente. Depois, com a nova lei, trouxe-o de volta, pagou o percentual e ficou tudo certo. Como, aliás, os muitos desonestos que fizeram o mesmo, uma vez que, por lei, a ilegalidade se tornou legal. Todas as suas sociedades, por causa das falências precedentes, estão hoje no nome da esposa. Mas nós, repito, não vimos uma só lira.

— Ele é Antonio de quê?

— Antonio? Peruzzo. Antonio Peruzzo.

Montalbano conhecia esse nome. Fazio o mencionara, ao relatar o telefonema do "ex-funcionário administrativo da Peruzzo" que recordava ao geólogo Mistretta como o orgulho em demasia era prejudicial. Agora, tudo começava a ganhar sentido.

— O senhor compreenderá — prosseguiu o doutor — que a doença de Giulia complica a presente situação.

— De que modo?

— Uma mãe é sempre uma mãe.

— Ao passo que um pai às vezes o é e às vezes não? — perguntou bruscamente o comissário, irritado por aquele chavão batidíssimo que acabava de ouvir.

— Eu quis dizer que Giulia, se não estivesse tão doente, não hesitaria um instante em pedir ajuda a Antonio, diante do perigo de vida que Susanna corre.

— O senhor acha que seu irmão, ao contrário, não fará isso?

— Salvatore é um homem de muito orgulho.

A mesma palavra adotada pelo anônimo ex-funcionário da Peruzzo.

— Acha que ele não cederia em hipótese nenhuma?

— Meu Deus, nenhuma! Mas talvez, sob uma forte pressão...

— Como, por exemplo, receber pelo correio uma orelha da filha?

Frase dita de propósito. O modo como o doutor encaminhara toda a narrativa tinha deixado o comissário nervoso, o sujeito parecia não ter nada a ver com aquela história, ainda que tivesse tirado 250 milhões do próprio bolso. Só ficava agitado quando se falava o nome de Susanna. Desta vez, porém, o doutor teve um sobressalto tão forte que Montalbano o percebeu pelo leve balanço do banco no qual estavam sentados.

— Eles podem chegar a tanto?

— Se quiserem, podem até ir além.

Havia conseguido abalar o doutor. Na luz atenuada que provinha das duas portas-balcão do salão, o comissário o viu meter a mão no bolso, puxar um lenço e enxugar a testa. Convinha entrar naquela fresta que se abrira na armadura de Carlo Mistretta.

— Doutor, vou lhe falar claramente. Do jeito como estão as coisas agora, nós não temos a mais longínqua ideia nem dos sequestradores nem do lugar onde Susanna está sendo mantida prisioneira. Nem sequer uma ideia aproximada, embora tenhamos encontrado o capacete e a mochila de sua sobrinha. O senhor sabia desses achados?

— Não, estou sabendo agora, pelo senhor.

E, aqui, caiu uma verdadeira pausa de silêncio. Porque Montalbano esperava uma pergunta do médico. Uma pergunta natural, que qualquer pessoa faria. O médico, porém, não abriu a boca. Então o comissário decidiu continuar:

— Se seu irmão não tomar nenhuma iniciativa, isso poderá ser interpretado pelos sequestradores como vontade declarada de não colaborar.

— O que podemos fazer?

— Tente convencer seu irmão a dar algum passo em direção a Antonio.

— Vai ser difícil.

— Diga a ele que, do contrário, o senhor mesmo será obrigado a dar esse passo. Ou também lhe pesa muito?

— Sim, a mim também custa. Mas, certamente, não tanto quanto a Salvatore.

O doutor se levantou, rígido.

— Vamos entrar?

— Prefiro tomar mais um pouco de ar.

— Então, entro eu. Primeiro vejo como está Giulia e depois, se Salvatore estiver acordado, mas duvido, relato a ele o que o senhor me disse. Ou então, faço isso amanhã de manhã. Boa-noite.

Montalbano não tinha sequer terminado um cigarro quando viu a silhueta do doutor sair do salão, entrar no carro *off-road* e partir.

Evidentemente, não havia encontrado Salvatore desperto e não conseguira conversar com ele.

Levantou-se também e entrou na casa. Fazio lia um jornal, Minutolo tinha a cabeça mergulhada num romance, o agente folheava uma revista de viagens.

— Lamento interromper a quietude deste círculo de leitura — disse Montalbano.

E depois, dirigindo-se a Minutolo:

— Quero falar com você.

Afastaram-se para um canto do salão. E o comissário contou ao colega tudo o que havia sabido pelo doutor.

Dirigindo a caminho de Marinella, olhou o relógio. Maria Santíssima, como estava tarde! Seguramente, Livia já se deitara. Melhor assim, porque, se ela tivesse ficado acordada, iria sair a maior briga, isso era certo como a morte. Abriu devagarinho a porta. A casa estava no escuro, mas a lâmpada externa da varanda se mantinha acesa. Livia estava ali, sentada no banco. Vestira um suéter pesado e tinha diante de si meio copo de vinho.

Montalbano se inclinou para beijá-la.

— Desculpe.

Ela retribuiu o beijo. O comissário se sentiu cantar internamente, não haveria bate-boca. Mas Livia lhe pareceu melancólica.

— Ficou em casa me esperando?

— Não. Beba me telefonou, disse que Mimì estava no hospital. Então fui visitá-lo.

CAPÍTULO 10

Uma imediata fisgada de ciúme. Absurda, sem dúvida, mas não se podia fazer nada. Seria possível que Livia se sentisse melancólica porque Mimì estava numa cama de hospital?

— Como está ele?

— Tem duas costelas quebradas. Amanhã recebe alta. Vai se recuperar em casa.

— Você jantou?

— Sim, não aguentei esperar — disse Livia, e se levantou.

— Aonde você vai?

— Esquentar para você...

— Não, não precisa. Eu pego alguma coisa na geladeira.

Voltou com um prato cheio de azeitonas, verdes e pretas, e queijo-cavalo de Ragusa. Na outra mão, um copo e uma garrafa de vinho. O pão vinha embaixo do braço. Sentou-se. Livia olhava o mar.

— Não paro de pensar naquela moça sequestrada — disse ela, sem se voltar. — E não consigo tirar da cabeça uma coisa que você me disse na primeira vez em que falamos do sequestro.

Em certo sentido, Montalbano se sentiu tranquilizado. Livia estava triste não por Mimì, mas por Susanna.

— O que eu lhe disse?

— Que na tarde do dia em que foi sequestrada, a moça foi ao apartamento do namorado para fazer amor.

— E daí?

— Você também me contou que todas as vezes era o rapaz quem pedia, ao passo que, naquela tarde, foi Susanna quem tomou a iniciativa.

— O que isso significa, em sua opinião?

— Que ela talvez tenha tido uma espécie de pressentimento do que iria lhe acontecer.

Montalbano preferiu não responder. Não acreditava em pressentimentos, sonhos premonitórios e coisas do gênero.

Depois de um breve silêncio, Livia perguntou:

— Em que ponto vocês estão?

— Até duas horas atrás, eu não tinha nem bússola nem sextante.

— E agora tem?

— Assim espero.

E começou a contar o que havia sabido. No fim da exposição, Livia o encarou, perplexa.

— Não entendo a quais conclusões você pode chegar, pela história que esse doutor Mistretta lhe contou.

— Nenhuma conclusão, Livia. Mas há muitos pontos de partida, muitas deixas que antes eu não tinha.

— Quais?

— Por exemplo, e disso estou convencido, que eles não quiseram sequestrar a filha de Salvatore Mistretta, mas a sobrinha de Antonio Peruzzo. É ele que tem a grana. E não é certo que o sequestro tenha sido feito só com objetivo de resgate, pode ter sido também por vingança. Quando Peruzzo faliu, deve ter deixado muita gente na mão. E a técnica que os sequestradores estão usando é a de, lentamente, puxar Antonio Peruzzo para a dança. Lentamente, para não deixar claro, de saída, que já desde o início queriam chegar a ele. Quem organizou o sequestro sabia o que havia acontecido entre Antonio e sua irmã, sabia que Antonio tinha obrigações com os Mistretta, sabia que Antonio, como padrinho de batismo de Susanna...

Interrompeu-se de chofre, gostaria de morder a língua. Livia o encarou com suavidade, parecia um anjo.

— Por que você não continua? Lembrou que aceitou ser padrinho de batismo do filho de um delinquente e que por isso vai ter de assumir obrigações pesadas?

— Por favor, quer deixar para lá esta conversa?

— Não, vamos prosseguir.

Prosseguiram, brigaram, fizeram as pazes, foram dormir.

Às 3h27m40s, a mola do tempo saltou. Mas desta vez o tac soou longe, só o acordou pela metade.

Até parecia que o comissário havia conversado com as gralhas. De fato, em Vigàta e arredores, acredita-se que as corvachas, aves tagarelas, comunicam a quem sabe entendê-las as últimas novidades dos fatos ocorridos aos homens, porque, justamente por voarem lá no alto, têm uma clara visão de conjunto. O fato é que, ali pelas 10 da manhã seguinte, quando Montalbano se encontrava no gabinete, a bomba literalmente explodiu. Minutolo lhe telefonou.

— Não soube nada sobre a Televigàta?

— Não. Por quê?

— Porque eles interromperam as transmissões. Tem só um aviso na tela, dizendo que dentro de dez minutos farão uma edição extraordinária do noticiário.

— Vê-se que tomaram gosto.

O comissário desligou e chamou Nicolò Zito.

— Que história é essa de edição extraordinária da Televigàta?

— Não sei de nada.

— Os sequestradores se manifestaram com vocês também?

— Não. Mas como, da outra vez, não fizemos a vontade deles...

Quando chegou ao bar, a televisão estava ligada e via-se o aviso. Havia umas trinta pessoas, também à espera da edição extraordinária, evidentemente a notícia havia corrido em segundos. O aviso desapareceu, entrou o prefixo do noticiário com o texto "edição extraordinária". Terminado o prefixo, materializou-se a cara de cu de galinha de Pippo Ragonese.

— Prezados telespectadores, uma hora atrás, pelo correio matinal, chegou-nos à redação um envelope normalíssimo, expedido de Vigàta, sem indicação do remetente, endereço escrito em letras de fôrma. Dentro havia uma foto batida com polaroide. Era uma foto de Susanna prisioneira. Não temos condições de mostrá-la porque, obedientes à lei, imediatamente a remetemos ao magistrado que conduz as investigações. Consideramos, porém, que é nosso dever de jornalistas informar os senhores sobre este fato. A moça tem uma pesada corrente presa ao tornozelo e jaz no fundo de uma espécie de poço seco. Não está vendada nem amordaçada. Está sentada no chão, sobre trapos, os joelhos apertados entre os braços, e olha para o alto, chorando. No verso da foto, sempre em letras de fôrma, escreveram esta frase, aparentemente enigmática: "A quem de dever."

Fez uma pausa, a câmera fechou sobre ele. Primeiríssimo plano. Montalbano teve a impressão de que, de um momento para outro, da boca de Ragonese podia sair um ovo quentinho, quentinho.

— Assim que teve notícia do sequestro da pobre jovem, nossa diligente redação se movimentou. Que sentido faz — nos perguntamos — sequestrar uma moça cuja família não tem absolutamente condições de pagar o resgate? E, por conseguinte, de imediato encaminhamos nossas pesquisas na direção correta.

"Nem por um caralho, corno!", exclamou internamente Montalbano. "De saída, você pensou foi nos extracomunitários!"

— E hoje estamos de posse de um nome — continuou Ragonese, com voz de filme de horror. — O nome de quem pode pagar o resgate exigido. Que não é certamente o pai, mas talvez o padrinho. É a ele que se endereça a frase no verso da foto: "A quem de dever." Nós, pelo respeito que sempre tivemos e continuamos a ter pela *privacy*, não diremos seu nome. Mas suplicamos a ele que intervenha, como deve e como pode, i-me-di-a-ta-men-te.

A cara de Ragonese desapareceu, no bar caiu um silêncio, Montalbano saiu e voltou ao comissariado. Os sequestradores haviam obtido o que desejavam. Ele acabava de entrar, quando Minutolo ligou de novo.

— Montalbano? O juiz me mandou agora mesmo a foto de que aquele corno falou. Quer vê-la?

No salão, Minutolo estava sozinho.

— E Fazio?

— Desceu ao vilarejo, precisava assinar alguma coisa relativa à sua conta-corrente — respondeu Minutolo, estendendo-lhe a foto.

— E o envelope?

— Ficou com a Perícia.

A fotografia mostrava algumas diferenças em relação ao que Ragonese havia contado. Para começar, era evidente que não se tratava de um poço, mas de uma espécie de tanque com profundidade de pelo menos três metros e cimentado. Certamente sem uso havia muito tempo, porque justamente da borda, à esquerda, partia uma comprida fenda que descia uns 40 centímetros em direção ao fundo e que se tornava mais larga no trecho final.

Susanna estava na posição descrita, mas não chorava. Pelo contrário. Na expressão dela, Montalbano percebeu uma determinação ainda mais forte que aquela que ele notara na outra fotografia. Sentava-se não sobre trapos, mas sobre um velho colchão.

E não havia nenhuma corrente no seu tornozelo. A corrente havia sido inventada por Ragonese: um tempero, como se costuma dizer. Mas em nenhuma hipótese a jovem conseguiria sair dali sozinha. Ao lado dela, mas quase fora do campo visual, havia um prato e um copo de plástico. As roupas eram as mesmas de quando a tinham levado.

— O pai viu isto?

— Está brincando? Não só não o deixei ver a foto, como também sequer a televisão. Disse à enfermeira que não o deixe sair do quarto.

— E o tio, você avisou?

— Sim, ele respondeu que só poderá vir daqui a umas duas horas.

Enquanto fazia perguntas, o comissário continuava olhando a fotografia.

— Provavelmente eles a mantêm numa cisterna de águas pluviais, já fora de uso — disse Minutolo.

— No campo? — perguntou o comissário.

— Bom, sim. Antigamente, talvez existissem dessas cisternas em Vigàta, mas hoje, não creio. E também ela não está amordaçada. Poderia começar a gritar. Num local habitado, seus gritos seriam ouvidos.

— Se é por isso, também não a vendaram.

— Não quer dizer nada, Salvo. Pode ser que, quando vão encontrá-la, cubram a cabeça com um capuz.

— Para fazê-la descer, devem ter usado uma escada portátil — comentou Montalbano. — E repõem a escada quando ela precisa subir. Provavelmente, dão a comida descendo um cesto preso numa corda comprida.

— Então, se você concordar — disse Minutolo —, vou pedir ao chefe de polícia que intensifique as buscas nos campos. Sobretudo nas casas dos camponeses. Pelo menos, a foto serviu para nos mostrar que não a mantêm dentro de uma gruta.

Montalbano fez menção de restituir a fotografia, mas mudou de ideia e continuou a olhá-la atentamente.

— Alguma coisa não o convence?

— A luz — respondeu Montalbano.

— Ora, devem ter descido alguma lâmpada!

— Certo. Mas não uma lâmpada qualquer.

— Não me diga que adotaram um refletor!

— Não, usaram uma lâmpada daquelas dos mecânicos... sabe quando eles têm de examinar um motor na oficina?... aquelas com o fio comprido... veja estas sombras regulares, que se intersecionam... é a projeção da rede de malhas muito largas que protege a lâmpada de pancadas.

— E qual é o problema?

— O que não me convence não é a luz dessa lâmpada. Deve haver aqui outra fonte luminosa, que projeta uma sombra sobre a borda oposta. Está vendo? Vou lhe dizer o que acho. O sujeito que faz a foto não está de pé sobre a borda, mas de pé ao lado da borda e debruçado, a fim de enquadrar Susanna no fundo. Isso significa que as bordas do tanque são bastante largas e levemente elevadas em relação ao piso circundante. Para projetar uma sombra assim, é preciso que o homem que bate a foto tenha uma luz às suas costas. Atenção: se fosse uma luz concentrada, a sombra seria mais forte e definida.

— Não compreendo aonde você quer chegar.

— Que o fotógrafo tinha uma janela escancarada atrás dele.

— E daí?

— Daí, a você parece lógico que fotografem uma jovem sequestrada mantendo a janela aberta, e sem amordaçá-la?

— Mas isto confirma a minha hipótese! Eles a mantêm num casebre perdido no campo, ela pode gritar o quanto quiser! Ninguém a escuta, mesmo com todas as janelas abertas!

— Bah! — fez Montalbano, virando a foto.

A QUEM DE DEVER

Escrito em letra de fôrma, com esferográfica, por uma pessoa que certamente estava habituada a escrever em italiano. Mas na grafia havia algo de estranho, de forçado.

— Eu também notei — disse Minutolo. — Não é que ele tenha querido falsificar a letra, parece mais um canhoto que se esforça por escrever com a mão direita.

— A mim me parece uma escrita vagarosa.

— Como assim?

— Não sei como me explicar. É como se alguém que tem uma grafia muito ruim, quase ilegível, tivesse se esforçado por traçar cada letra claramente e por isso precisou retardar seu ritmo natural de escrita. E também tem outra coisa. A letra *D* de "dever" mostra uma correção. Antes, dá para ver claramente, ele havia escrito um *R*. Tinha em mente "a quem de razão", mas mudou para "a quem de dever", que é mais direcionado. Quem sequestrou ou mandou sequestrar Susanna não é um ignorante, mas alguém que conhece o valor das palavras.

— Ótimas deduções — disse Minutolo. — Mas, neste momento, aonde nos levam?

— A nada, neste momento.

— Então, vamos pensar no que precisa ser feito? Em minha opinião, a primeira coisa é fazer contato com Antonio Peruzzo. Concorda?

— Perfeitamente. Você tem o número dele?

— Tenho. Enquanto esperava por você, levantei informações. Bom, no presente momento Peruzzo tem três ou quatro empresas subordinadas a uma espécie de sede central em Vigàta, chamada "Progresso Itália".

Montalbano casquinou uma risadinha.

— Como podia ser diferente? De acordo com os tempos. O progresso da Itália confiado a um trambiqueiro!

— Engana-se, porque oficialmente está tudo no nome da esposa, Valeria Cusumano. Embora eu esteja convencido de que a madame jamais botou os pés naquele escritório.

— Tudo bem, telefone.

— Não, telefone você. Marque um encontro e vá conversar. Este é o número.

No papelzinho que Minutolo estendeu a Montalbano, os números eram quatro. Ele escolheu o que correspondia a "Direção Geral".

— Alô? Aqui é o comissário Montalbano. Gostaria de falar com o engenheiro.

— Qual deles?

— Tem mais de um?

— Claro, o engenheiro Di Pasquale e o engenheiro Nicotra.

E o caro Antonio era o quê, um fantasma?

— Na verdade, eu queria falar com o engenheiro Peruzzo.

— O engenheiro está fora.

— Fora do escritório? Fora da cidade? Fora de si? Fora das...

— Fora da cidade — cortou a secretária, severa e um tantinho ofendida.

— Quando retorna?

— Não sei.

— Aonde foi?

— A Palermo.

— Sabe onde se hospedou?
— No Excelsior.
— Ele tem celular?
— Sim.
— Me dê o número.
— Realmente, não sei se...
— Então, sabe o que eu faço? — disse Montalbano, com a voz sibilante de quem está desembainhando um punhal no escuro. — Vou aí lhe pedir pessoalmente.
— Não, não, eu dou agora!

Obtidos os números, o comissário ligou para o Excelsior.
— O engenheiro não se encontra no hotel.
— Sabe quando volta?
— Na verdade, não voltou nem mesmo ontem à noite.

O celular revelou-se desligado.
— E agora, o que fazemos? — perguntou Minutolo.
— Tocamos uma bela punheta — disse Montalbano, ainda nervoso.

Nesse momento chegou Fazio.
— O vilarejo está em polvorosa! Todo mundo falando do engenheiro Peruzzo, o tio da moça. Embora não tenham dito o nome dele na televisão, foi identificado do mesmo jeito. Surgiram dois partidos: um diz que é o engenheiro quem deve pagar o resgate, o outro que o engenheiro não tem nenhum dever diante da sobrinha. Mas o primeiro reúne muito mais gente. No café Castiglione, a discussão quase acabou em pancadaria.
— E conseguiram foder com Peruzzo — foi o comentário de Montalbano.
— Vou mandar grampear os telefones dele — disse Minutolo.

***

Em pouquíssimo tempo, o aguaceiro que havia começado a despencar sobre o engenheiro Peruzzo se transformou num verdadeiro dilúvio universal. E, desta vez, o engenheiro não tivera tempo de montar para si uma arca de Noé.

Padre Stanzillà, o sacerdote mais velho e mais sábio do lugar, respondeu a todos os fiéis que foram procurá-lo na igreja para lhe perguntar como via a coisa, que não restava dúvida nem humana nem divina: cabia ao tio pagar o resgate, considerando-se que era o padrinho de batismo da moça. Além disso, pagando o que os sequestradores queriam, ele não faria mais do que restituir à mãe e ao pai de Susanna uma vultosa soma que lhes surripiara com trambiques. E contava a todo mundo a história do empréstimo de 2 bilhões, história da qual estava perfeitamente ao corrente, inclusive nos mínimos detalhes. Em suma, jogou uma boa lenha na fogueira. E ainda bem, para Montalbano, que Livia não tinha amizade com mulheres papa-hóstias, que podiam lhe transmitir a opinião do padre Stanzillà.

Nicolò Zito, na Retelibera, anunciou *urbi et orbi* que o engenheiro Peruzzo, confrontado a um dever preciso, tornara-se difícil de encontrar. Mais uma vez, não desmentia sua fama. Mas esta fuga, diante de uma questão de vida ou morte, não somente não o isentava da responsabilidade como também a tornava mais pesada ainda.

Pippo Ragonese, na Televigàta, proclamou que o engenheiro, outrora vítima da magistratura vermelha, mas que conseguira refazer sua fortuna mercê do impulso dado pelo novo governo à iniciativa privada, tinha agora como dever moral o de demonstrar que a confiança dos bancos e das instituições em relação a ele havia sido justificada. Tanto mais quanto se falava, e certamente não era segredo, de sua próxima candidatura política, entre as fileiras daqueles que estavam renovando a Itália. Um gesto seu que pudesse ser interpretado pela opinião pública como uma recusa podia trazer fatais consequências para suas aspirações.

Titomanlio Giarrizzo, venerando ex-presidente do tribunal de Montelusa, declarou com voz firme, aos sócios do Círculo de Xadrez, que se no seu tempo os sequestradores lhe tivessem aparecido na sala de julgamento ele certamente os teria condenado a penas severíssimas, mas também elogiado por haverem trazido a descoberto a verdadeira face de um flibusteiro emérito como o engenheiro Peruzzo.

Dona Concetta Pizzicato, que no mercado de peixe tinha uma banca com um cartaz em cima que dizia: "Cuncetta quiromante clarividente peixe vivo", começou a responder, aos fregueses que lhe perguntavam se o engenheiro pagaria o resgate: "*Cu al sangu sò fa mali / mori mangiatu da li maiali*".*

— Alô? Progresso Itália? Aqui é o comissário Montalbano. Por acaso vocês têm alguma notícia do engenheiro?
— Nenhuma. Nenhuma.
A voz da moça era a mesma de antes, só que agora vinha num tom agudo, quase histérico.
— Eu ligo de novo mais tarde.
— Não, escute, não adianta, o engenheiro Nicotra mandou desligar os telefones dentro de dez minutos.
— Por quê?
— Estamos recebendo dezenas e dezenas de telefonemas... insultos, obscenidades.
A pobrezinha quase começou a chorar.

---

* "Quem ao seu sangue faz mal / morre comido pelos porcos." (*N. da T.*)

CAPÍTULO 11

Por volta das 17 horas, Gallo contou a Montalbano que no vilarejo se espalhara um boato que havia instigado todo mundo contra o engenheiro, como se ainda fosse preciso. Ou seja, o boato de que Peruzzo, para não pagar o resgate, tinha pedido ao juiz o bloqueio dos seus bens. E o juiz se recusara. Uma coisa sem pé nem cabeça. Mas o comissário quis se certificar.

— Minutolo? Montalbano. Por acaso você sabe como o juiz pretende agir em relação a Peruzzo?

— Ele acabou de me telefonar, estava fora de si. Alguém lhe contou um falatório que corre por aí...

— Eu sei.

— Bom, ele me disse que não teve nenhum contato, nem direto nem indireto, com o engenheiro. E que, no presente momento, não está em condições de ordenar o bloqueio de bens nem dos parentes dos Mistretta, nem dos amigos dos Mistretta, nem dos conhecidos dos Mistretta, nem dos conterrâneos dos Mistretta... Não parava mais, parecia um rio na cheia.

— Diga uma coisa, você ainda está com a foto de Susanna?
— Sim.
— Pode me emprestar até amanhã? Quero examiná-la melhor. Vou mandar Gallo buscar.
— Cismou com aquela história da luz?
— Pois é.

Mentira: não era uma questão de luz, mas de sombra.

— Veja lá, Montalbà. Não me perca essa foto. Senão, quem vai aguentar o juiz?

— Aqui está a foto — disse Gallo meia hora depois, estendendo-lhe um envelope.
— Obrigado. Me mande Catarella.

Catarella chegou voando, com a língua de fora, como os cães quando ouvem o assovio do dono.

— Às ordens, dotô!
— Catarè, aquele seu amigo de confiança, aquele competente... aquele que sabe ampliar fotografias... como se chama?
— O nome dele é Cicco De Cicco, dotô.
— Ainda trabalha na chefatura de Montelusa?
— Sim, dotô. Ainda está permanente no local.
— Ótimo. Deixe Imbrò na mesa telefônica e leve agora mesmo esta foto para Cicco. Vou lhe explicar direitinho o que ele deve fazer.

— Tem um rapaz que quer falar com o senhor. Chama-se Francesco Lipari.
— Pode mandar entrar.

Francesco tinha emagrecido ainda mais, as olheiras agora lhe ocupavam metade do rosto, parecia o homem mascarado, aquele dos quadrinhos.

— O senhor viu a foto? — perguntou, sem sequer cumprimentar.

— Vi.

— Como estava ela?

— Para começar, não estava acorrentada, como disse aquele merda do Ragonese. Eles não a mantêm num poço, mas dentro de um tanque vazio com mais de 3 metros de profundidade. Considerando-se a situação, me pareceu bem.

— Posso ver também?

— Se você tivesse chegado um pouquinho antes... Eu a enviei a Montelusa, para uma análise.

— Que análise?

O comissário não podia começar a contar ao rapaz tudo o que lhe passava pela cabeça.

— Dá para perceber se ela foi... se a machucaram?

— Eu excluiria essa hipótese.

— Via-se o rosto?

— Claro.

— Como era o olhar?

Aquele jovem realmente viria a ser um ótimo tira.

— Não estava assustada. Talvez tenha sido a primeira coisa que eu notei. Pelo contrário, tinha um olhar extremamente...

— ...determinado? — completou Francesco Lipari.

— Exato.

— Eu a conheço. Isso significa que não entregará os pontos, que mais cedo ou mais tarde ela mesma vai tentar se livrar. Esses que a sequestraram vão ter de prestar muita atenção.

Francesco fez uma pausa. Depois perguntou:

— Acha que o engenheiro vai pagar?

— Do jeito como estão ficando as coisas, ele não tem outro caminho, a não ser se responsabilizar pelo resgate.

— Sabia que Susanna nunca me falou dessa história entre o tio e a mãe? Isso me deixou meio aborrecido.

— Por quê?

— Me pareceu falta de confiança.

Quando Francesco saiu do gabinete, um pouquinho mais aliviado do que quando havia entrado, Montalbano ficou pensando naquilo que o rapaz tinha dito. Não havia dúvida de que Susanna era corajosa, seu olhar na fotografia o confirmava. Corajosa e resoluta. Mas então por que, no primeiro telefonema, sua voz era a de uma pessoa desesperada que pedia ajuda? Não havia uma contradição entre a voz e a imagem? Talvez fosse uma contradição apenas aparente. Provavelmente, o telefonema remontava a algumas horas após o sequestro e Susanna, naquele momento, não teria ainda recuperado o autocontrole, ainda estaria sob um choque violento. Não se pode ser corajoso ininterruptamente, 24 horas por dia. Sim, essa era a única explicação possível.

— Dotô, Cicco De Cicco disse assim que ele vai se aplecar logo e que por isso as fotografia vai estar de prontidão amanhã de manhã lá pelas 9 hora.

— Você volta lá para buscar.

De repente Catarella fez um ar misterioso, inclinou-se para diante e disse baixinho:

— É coisa reservada de entre de nós, dotô?

Montalbano acenou que sim com a cabeça e Catarella saiu com os braços afastados do corpo, dedos das mãos abertos, joelhos rígidos. O orgulho de compartilhar um segredo com seu chefe o transformava de cão em pavão fazendo a roda.

Entrou no carro para retornar a Marinella mergulhado em um pensamento lá dele. Mas podia ser definida como um pensamento aquela espécie de tira confusa, feita de palavras, que às vezes lhe passava pelo cérebro? Parecia-lhe que sua cabeça havia ficado do jeito como, quando se vê televisão, a tela é atravessada por uma faixa arenosa, em zigue-zague, uma espécie de interferência chata e nebulosa que impede você de ver com clareza aquilo que está olhando e ao mesmo tempo lhe sugere uma visão atenuada de outro programa simultâneo e você é obrigado a se atracar com teclas e botões para compreender a causa do distúrbio e fazê-lo desaparecer.

E de repente o comissário já não sabia onde se encontrava. Não reconhecia a paisagem habitual do caminho para Marinella. As casas eram diferentes, as lojas eram diferentes, as pessoas eram diferentes. Jesus, onde tinha ido parar? Certamente havia errado, tomado outro rumo. Mas como era possível, se ele fazia aquele trajeto havia anos, no mínimo duas vezes por dia?

Encostou, estacionou, olhou ao redor e afinal compreendeu. Sem querer, sem saber, dirigira-se para a casa dos Mistretta. Por alguns instantes, as mãos segurando o volante, os pés apertando os pedais tinham agido por conta própria, sem que ele se desse conta minimamente. Isso às vezes lhe acontecia, seu corpo começava a agir em perfeita autonomia, como se não dependesse do cérebro. E quando seu corpo fazia isso, não convinha se opor, porque acabava existindo uma razão para tal. E agora, o que fazer? Retornar ou prosseguir? Naturalmente, ele prosseguiu.

No salão, quando entrou, havia sete pessoas que escutavam Minutolo, todas de pé em torno de uma grande mesa que, do canto onde ficava normalmente, havia sido deslocada para o centro. Sobre a mesa, um mapa gigante de Vigàta e arredores, daquele de tipo militar, que trazia marcados até os locais dos postes de luz e os atalhos aonde só iam cães e cabras para mijar.

Do seu quartel-general, o comandante em chefe doutor Minutolo distribuía ordens no sentido de buscas mais cerradas e, se possível, mais frutíferas. Fazio estava em seu lugar, já formando um só bloco com a poltrona em frente à mesinha do telefone com os correspondentes equipamentos. Minutolo pareceu surpreso ao ver Montalbano. Fazio fez menção de se levantar.

— O que houve? O que foi? — perguntou Minutolo.

— Nada, nada — fez Montalbano, igualmente surpreso por se ver naquele lugar.

Algum dos presentes o cumprimentou, ele respondeu vagamente.

— Estou dando disposições para... — começou Minutolo.

— Já entendi — disse Montalbano.

— Quer dizer alguma coisa? — convidou Minutolo, gentil.

— Sim. Que não atirem. Por nenhuma razão.

— Posso saber por quê?

Quem fizera a pergunta era um rapazote, um jovem vice-comissário ascendente, topete na testa, elegante, lépido, físico malhado, com um ar de manager arrivista. Já se viam por aí muitos desses, uma raça de merdinhas que proliferava rapidamente. Em Montalbano, provocou uma solene antipatia.

— Porque certa vez alguém como o senhor atirou e matou um desgraçado que havia sequestrado uma moça. Fizeram-se buscas, mas em vão. Quem podia dizer onde estava sendo escondida a moça não podia mais falar. Ela foi encontrada um mês depois, mãos e pés atados, morta de fome e de sede. Satisfeito?

Baixou um silêncio pesado. Que merda ele tinha vindo fazer ali? Agora que estava velho, começava a girar à toa, como um parafuso desgastado pelo uso?

Sentiu necessidade de um pouco d'água. Devia haver uma cozinha em algum lugar. Achou-a no fundo de um corredor, e lá dentro estava uma enfermeira cinquentona, gorducha, face com expressão aberta, de mulher afável.

— Vossenhoria é o comissário Montalbano? Quer alguma coisa? — perguntou ela, com um sorriso simpático.

— Um copo d'água, por favor.

A mulher o serviu de uma garrafa de água mineral tirada da geladeira. E enquanto Montalbano bebia, encheu de água quente uma bolsa e fez menção de sair.

— Um momento — disse o comissário. — O senhor Mistretta?

— Está dormindo. O doutor quer assim. E tem razão. Eu dou os tranquilizantes e os soníferos, como ele me mandou fazer.

— E a senhora Mistretta?

— Como assim?

— Está melhor? Está pior? Alguma novidade?

— A única novidade que pode haver para esta pobre desventurada é a morte.

— Está consciente?

— Às vezes sim, às vezes não. Mas mesmo quando parece entender, eu acho que não entende.

— Eu poderia vê-la?

— Venha comigo.

Montalbano teve uma dúvida. Mas sabia muito bem que era uma falsa dúvida, ditada pela vontade de retardar um encontro bastante difícil para ele.

— E se ela me perguntar quem sou eu?

— Está brincando? Seria um milagre.

No meio do corredor, uma escada larga e confortável levava ao andar de cima. Também aqui, um corredor, mas com seis portas.

— Este é o quarto do senhor Mistretta, este é o banheiro e este é o quarto da senhora dele. Para os cuidados, é melhor que ela esteja sozinha. Os outros cômodos, em frente, são o quarto da filha, o de hóspedes e outro banheiro — explicou a enfermeira.

— Posso ver o quarto de Susanna? — perguntou ele, de impulso.

— Claro.

A enfermeira virou a maçaneta, botou a cabeça para dentro e acendeu a luz. Uma caminha, um armário, duas cadeiras, uma escrivaninha com livros em cima e uma estante. Tudo em perfeita ordem. E tudo quase anônimo, como um quarto de hotel provisoriamente ocupado. Nenhum objeto pessoal, um pôster, uma fotografia. A cela de uma freira leiga. Ele apagou a luz e saiu. A enfermeira abriu devagarinho a outra porta. No mesmo instante, a testa e as mãos do comissário se banharam de suor. Sempre o atacava esse pavor ingovernável, quando ele se via diante de uma pessoa à beira da morte. Não sabia o que fazer nessas horas, devia dar ordens severíssimas às próprias pernas para impedi-las de fugir autonomamente, arrastando-o junto. Um corpo morto não o impressionava; era a iminência da morte que o transtornava a partir das profundezas, ou melhor, de uma profundidade abissal.

Conseguiu se controlar, transpôs a soleira e iniciou sua descida pessoal aos infernos. Invadiu-o de imediato o mesmo bafio insuportável que sentira no quarto do homem sem pernas, o marido da mulher que vendia ovos, só que aqui o bafio era mais denso, grudava-se impalpavelmente à pele, e além disso tinha uma cor marrom-amarelada, estriada por lampejos de vermelho-fogo. Uma cor em movimento. Isso nunca lhe acontecera antes, as cores sempre haviam correspondido aos odores como que já pintadas num quadro, paradas. Agora, porém, as estrias vermelhas começavam a desenhar uma espécie de voragem. O suor já lhe banhava a camisa. A cama da enferma havia sido substituída por um leito de hospital cujo branco partiu em duas a memória de Montalbano, tentou levá-lo para trás, para os dias de sua internação. Ao lado havia balões de oxigênio, suportes para soro, máquinas complicadas em cima de uma mesinha. Um carrinho (também branco, Cristo!) estava literalmente coberto de frascos, garrafinhas, gazes, copos milimetrados, recipientes de várias grandezas. Da posição na qual ele havia estacado, apenas a dois passos da porta, pareceu-lhe que a cama estava vazia. Embaixo da coberta bem esticada não se via nenhum volume de corpo humano, faltavam até as duas pontas em colinazinha formadas pelos pés de quem está deitado de barriga para cima. E aquela espécie de bola cinzenta largada sobre o travesseiro era pequena demais, miúda demais para ser uma cabeça, talvez fosse uma velha e grande pera de clister que perdera a cor. Ele avançou mais dois passos e o horror o paralisou. Era uma cabeça humana, mas não tinha mais nada de humano aquela coisa sobre o travesseiro, uma cabeça sem cabelos, dessecada, uma montoeira de rugas tão profundas que pareciam escavadas com broca. A boca estava aberta, um buraco negro, desprovido da mínima brancura de dentes. Certa vez, numa revista, ele tinha visto algo semelhante, o resultado do trabalho que os caçadores de cabeças faziam em suas presas. Enquanto olhava, incapaz de se mover, quase não acreditando no que seus olhos viam, do buraco que era a boca saiu um som feito apenas com a garganta seca, totalmente abrasada:

— Ghanna...

— Está chamando a filha — disse a enfermeira.

Montalbano recuou com as pernas rígidas, os joelhos se recusaram a se flexionar. Para não cair, segurou-se numa cômoda.

E aconteceu o inesperado. Tac. O salto da mola travada dentro de sua cabeça estalou como um tiro de revólver. Por quê? Certamente não eram 3h27m40s, disso ele tinha certeza. E então? O pânico o assaltou com a maldade de um cão enfurecido. O desesperado vermelho do odor tornou-se um vórtice que podia sugá-lo. Seu queixo começou a tremer, as pernas, de rígidas, se tornaram de ricota, e para não cair ele apoiou os braços no mármore da cômoda. Por sorte, a enfermeira não percebia nada, estava atarefada com a moribunda. Depois, a parte de cérebro ainda não tomada por aquele pavor cego reagiu, permitiu-lhe dar a resposta certa. Tinha sido um sinal; aquela Alguma Coisa que o assinalara quando o projétil lhe perfurava a carne queria dizer que também estava ali, dentro daquele quarto. Emboscada num canto, pronta para comparecer no momento certo e sob a forma mais adequada: bala de revólver, tumor, fogo que queima as carnes, água que afoga. Era só uma manifestação de presença. Não se referia a ele, não cabia a ele. E isso bastou para lhe dar um pouquinho de coragem. Foi então que viu, sobre o tampo da cômoda, uma fotografia dentro de uma moldura de prata. Um homem, o geólogo Mistretta, segurando a mão de uma menina de seus dez anos, Susanna, a qual por sua vez dava a mão a uma mulher bonita, saudável, sorridente e cheia de vida, a mãe, a senhora Giulia. O comissário continuou olhando um tempinho aquele rosto feliz, para cancelar a imagem do outro rosto, se é que assim ainda se podia chamá-lo, sobre o travesseiro. Depois virou as costas e saiu, esquecendo-se de se despedir da enfermeira.

Acelerou como um desesperado rumo a Marinella, chegou em casa, estacionou, desceu, mas não entrou: correu para a beira-mar, despiu-se, deixou que por alguns instantes o ar frio da noite lhe gelasse a pele e depois avançou lentamente em direção à água. A cada passo o gelo o cortava com cem lâminas, mas ele precisava limpar a pele, a carne, os ossos e mais para dentro ainda, até dentro da alma.

Em seguida começou a nadar. Deu umas dez braçadas, mas subitamente uma mão munida de punhais deve ter emergido do escuro das águas e o golpeou no mesmíssimo ponto do ferimento. Pelo menos foi o que lhe pareceu, tão repentina e violenta foi a dor. Partiu do ferimento e se difundiu por todo o corpo, insuportável, paralisante. Seu braço esquerdo se bloqueou e, com dificuldade, ele conseguiu virar-se de barriga para cima e boiar.

Ou estava morrendo de verdade? Não, agora sabia obscuramente que seu destino não era o da morte por água.

Bem devagarinho, conseguiu se mover.

Então retornou à margem, recolheu as roupas, cheirou um braço e teve a impressão de sentir ainda o horrendo fedor do quarto da moribunda. A salinidade da água do mar não tinha conseguido fazê-lo desaparecer, ele precisava absolutamente lavar um por um os poros da pele. Subiu ofegante os degraus da varanda e bateu à porta-balcão.

— Quem é? — perguntou Livia lá de dentro.

— Abra, estou congelando.

Livia abriu e o viu diante de si, nu, ensopado, roxo de frio. Começou a chorar.

— Ora, Livia...

— Você é doido, Salvo! Quer morrer! E quer me matar! O que você fez? Por quê? Por quê?

Desesperada, seguiu-o até o banheiro. O comissário esfregou o corpo inteiro com sabonete líquido e, quando estava todo branco, entrou embaixo da ducha, abriu-a e começou praticamente a esfolar a pele com uma pedra-pomes. Já sem chorar, Livia o encarava, petrificada. A água correu longamente, a caixa em cima do telhado quase se esvaziou. Assim que saiu da ducha, Montalbano pediu, com os olhos espiritados:

— Pode me cheirar?

E, enquanto pedia, ele mesmo farejava um braço. Parecia um cão de caça.

— Mas o que deu em você? — disse Livia, angustiada.

— Me cheire, por favor.

Livia obedeceu e correu o nariz sobre o tórax de Montalbano.

— O que você sentiu?

— O odor da sua pele.

— Tem certeza absoluta?

Finalmente o comissário se convenceu, vestiu-se com roupa-branca limpa, enfiou uma camisa e uns jeans.

Foram para a sala de jantar. Montalbano se sentou na poltrona, Livia se instalou na outra, ao lado. Por alguns momentos, não abriram a boca. Depois Livia perguntou, com voz ainda insegura:

— Passou?

— Passou.

Mais um silêncio. E sempre Livia:

— Está com fome?

— Espero ter daqui a pouco.

Outro curto silêncio. E, em seguida, Livia arriscou:

— Agora vai me dizer?

— Está difícil.

— Mas tente, por favor.

E ele disse. E levou tempo, porque era realmente difícil achar as palavras certas para contar o que havia visto. E o que havia sentido.

No fim, Livia fez uma pergunta, só uma, mas era a que centrava a situação:

— Por que você foi vê-la? Que necessidade tinha?

Necessidade. Era a palavra certa ou a palavra errada? Não tinha havido nenhuma necessidade, certo, mas ao mesmo tempo tinha havido, inexplicavelmente.

"Pergunte às minhas mãos e aos meus pés", ele deveria res ponder. Mas era melhor não enveredar pela coisa, ainda sentia muita confusão dentro da cabeça. Abriu os braços.

— Eu não saberia explicar, Livia.

E, enquanto dizia essas palavras, compreendeu que só em parte eram verdade.

Conversaram mais um pouco, mas o apetite não veio, Montalbano ainda tinha o estômago apertado.

— O que você acha, o engenheiro vai pagar? — perguntou Livia, quando estavam indo dormir.

Era a pergunta do dia, inevitável.

— Vai pagar, vai pagar.

"Já está pagando", queria acrescentar, mas não disse nada.

Enquanto Salvo a estreitava e a beijava e acabava de entrar nela, Livia sentiu como se ele lhe transmitisse um pedido desesperado de conforto.

— Não percebe que eu estou aqui? — cochichou-lhe ao ouvido.

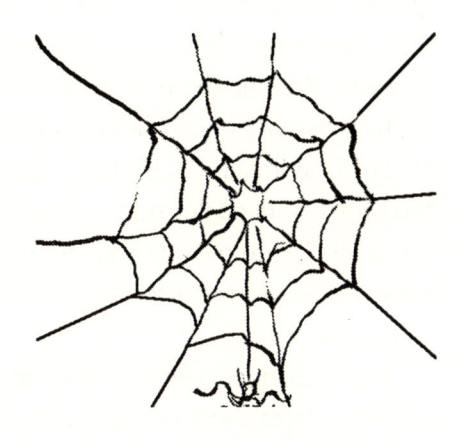

CAPÍTULO 12

Acordou quando já era dia claro. Talvez, naquela noite, não tivesse acontecido o tac do relógio, ou, se tinha acontecido, o ruído não havia sido suficientemente forte para fazê-lo abrir os olhos. Era hora de se levantar, mas ele preferiu continuar deitado. Não disse a Livia, mas sentia os ossos moídos, certamente consequência do banho da véspera. E a cicatriz recente no ombro estava roxa e doía. Livia percebeu que alguma coisa não ia bem, mas preferiu não fazer perguntas.

Entre uma coisa e outra, chegou um tantinho atrasado ao comissariado.

— Dotô, ah, dotô! Os ampliamento fotográfico que o sinhô mandou pedir a Cicco De Cicco estão em cima da sua mesa de vossenhoria! — informou Catarella, olhando ao redor com ar conspirativo, assim que o viu entrar.

Efetivamente, De Cicco havia feito um bom trabalho. Pelo qual se constatava que a fenda no cimento logo abaixo da borda do tanque parecia, sim, uma rachadura, mas não o era em absoluto. Era um efeito de luz e sombra enganoso. Na realidade, tratava-se de um pedaço de cordão grosso, atado a um pino. O cordão, por sua vez, prendia a parte superior de um grande termômetro, daqueles que serviam para medir a temperatura do mosto. Tanto o cordão quanto o termômetro haviam ficado pretos, primeiro pelo uso e depois pela poeira que se acumulara sobre eles.

Montalbano não teve dúvida: a moça tinha sido metida pelos sequestradores dentro de um tanque de fermentação de mosto, não utilizado havia tempos. Por conseguinte, ao lado, e em posição mais elevada, devia também existir um lagar, o local onde a uva é pisoteada. Por que não tinham se preocupado em retirar o termômetro? Talvez não tivessem feito caso, habituados demais a ver o tanque assim como ele se apresentava agora. Uma coisa que está sempre à vista, você acaba por não a notar mais. Fosse como fosse, isso reduzia em muito o âmbito das buscas, convinha procurar não mais uma casinha perdida no campo, mas uma verdadeira herdade, talvez meio derruída.

Telefonou logo a Minutolo, informando-o sobre sua descoberta. Minutolo achou a coisa bastante importante. Disse que isso restringia muito o campo das buscas e que daria imediatamente novas disposições aos homens envolvidos com as batidas na região.

Depois perguntou:

— O que achou da novidade?

— Que novidade?

— Não viu a Televigàta às 8 horas de hoje?

— Mas imagine se eu vou assistir à televisão no início da manhã!

— Os sequestradores telefonaram à Televigàta. Os jornalistas gravaram tudo. E botaram no ar a gravação. A mesma voz disfarçada. Diz que "quem de dever" tem um prazo até amanhã à noite. Do contrário, ninguém reverá mais Susanna.

Montalbano sentiu um calafrio lhe percorrer a espinha.

— Inventaram o sequestro multimídia. Não disseram mais nada?

— Eu lhe reproduzi exatamente o telefonema, nem uma palavra a mais nem a menos. Ou melhor, daqui a pouco me mandam a fita, se você quiser vir escutar... O juiz está alucinado de raiva, queria mandar Ragonese para a cadeia. E quer saber de uma coisa? Estou começando a me preocupar seriamente.

— Eu também — disse Montalbano.

Os sequestradores já nem se dignavam de telefonar à família Mistretta. Seu objetivo, que era o de enredar o engenheiro Peruzzo sem mencioná-lo uma vez sequer, tinha sido atingido. A opinião pública estava toda contra ele. Montalbano tinha certeza de que àquela altura, se os sequestradores acabassem por matar Susanna, as pessoas se enfureceriam não com eles, mas com o tio que se recusara a se envolver no assunto fazendo o seu dever. Matar? Um momento. Os sequestradores não tinham empregado esse verbo. E tampouco eliminar. E tampouco liquidar. Era gente que conhecia bem o italiano e sabia como adotá-lo. Tinham dito que a moça nunca mais seria vista. E, dirigindo-se a pessoas comuns, um verbo como matar certamente impressionaria mais. Então, por que não o tinham usado? O comissário se agarrou a esse fato linguístico com a força do desespero. Era como se segurar num talo de grama para não cair num precipício. Talvez os sequestradores quisessem deixar uma margem de negociação, e faziam isso evitando recorrer a um verbo definitivo, sem possibilidade de retorno. De qualquer modo, convinha agir depressa. Sim, mas o que fazer?

À tarde Mimì Augello, cansado de ficar perambulando em casa, apareceu no comissariado com duas notícias.

A primeira era que no final da manhã a senhora Valeria, mulher do engenheiro Antonio Peruzzo, quando ia abrindo o carro depois de parar num estacionamento de Montelusa, havia sido reconhecida por três mulheres, as quais a tinham rodeado, empurrado, derrubado no chão e coberto de cusparadas, mandando-a tomar vergonha e aconselhar o marido a pagar o resgate sem perda de tempo. Enquanto isso, outras pessoas haviam chegado e dado força às três mulheres. Dona Valeria tinha sido salva por uma patrulha de *carabinieri* que ia passando. No hospital, constataram-se na mulher do engenheiro várias contusões, equimoses, lacerações.

A segunda notícia era que dois grandes caminhões da empresa de Peruzzo haviam sido incendiados. Para evitar equívocos e falsas interpretações, no local fora encontrado escrito num muro: "Pague logo, corno!"

— Se matarem Susanna — concluiu Mimì —, é certo que o engenheiro morre linchado.

— Você acha que isso tudo pode acabar mal? — perguntou Montalbano.

Mimì respondeu de imediato, sem pensar:

— Não.

— Mas e se o engenheiro não tirar do bolso uma só lira? Os sujeitos deram uma espécie de ultimato.

— Os ultimatos existem justamente para não ser respeitados. Você vai ver que eles acabam entrando em acordo.

— E Beba, como vai? — quis saber o comissário, mudando de assunto.

— Bem, até porque agora é só uma questão de dias. A propósito, Livia foi nos visitar e Beba falou com ela sobre nossa intenção de convidar você para padrinho de batismo do nosso filho.

Arre, saco! Todo o vilarejo cismara de chamá-lo para ser padrinho?

— E você me diz uma coisa dessas assim? — reagiu o comissário.

— Por quê? Eu devia convidá-lo em papel timbrado? Você não imaginava que Beba e eu lhe pediríamos isso?

— Sim, claro, mas...

— Aliás, Salvo, eu o conheço muito bem: se eu não o convidasse, você ficaria ofendido e me faria a maior tromba.

Montalbano achou que era melhor desviar a conversa para longe do seu temperamento, que se prestava demais a interpretações contrastantes.

— E Livia, disse o quê?

— Disse que você ficaria felicíssimo, até porque assim poderia equilibrar as contas. Esta última frase eu não entendi.

— Nem eu — mentiu Montalbano.

Mas pelo contrário, tinha entendido muitíssimo bem: um filho de delinquente e um filho de policial, ambos batizados por ele. Conta equilibrada, segundo o raciocínio de Livia, que, quando caprichava, sabia ser sacana tanto quanto ele ou até mais.

Já era noite. Estava para sair do comissariado e retornar a Marinella quando Nicolò Zito lhe telefonou.

— Não tenho tempo de explicar, estou entrando no ar — disse, apressado. — Assista ao meu noticiário.

Montalbano correu para o bar, onde já havia umas trinta pessoas. A televisão estava sintonizada na Retelibera. Um texto dizia: "Dentro de poucos minutos, importante declaração sobre o sequestro Mistretta." O comissário pediu uma cerveja. O texto desapareceu e entrou o prefixo do noticiário. Depois viu-se Nicolò sentado atrás da costumeira bancada de vidro. Tinha uma cara de grandes ocasiões.

— Fomos contatados esta tarde pelo advogado Francesco Luna, que já defendeu várias vezes os interesses do engenheiro Antonio Peruzzo. Ele pediu que déssemos espaço para uma declaração. Não uma entrevista, atentem bem. Também estabelecia a condição de que a declaração não fosse seguida por um comentário nosso. Decidimos aceitar, mesmo com essas limitações, porque, neste momento tão crucial para a sorte de Susanna Mistretta, as palavras do advogado Luna podem ser extremamente esclarecedoras e trazer uma notável contribuição à feliz solução do dramático e delicado caso.

Intervalo. Apareceu um típico escritório de advogado. Estantes de madeira negra, lotadas de livros jamais lidos, coletâneas de leis que remontavam ao fim do século XIX mas seguramente ainda em vigor, porque em nosso país, das leis de cem anos atrás, não se jogava nada fora, como se faz com os porcos. O advogado Luna era exatamente como seu sobrenome dizia: uma lua. Cara de lua cheia, corpo de lua obesa. Evidentemente sugestionado, o iluminador havia envolvido tudo numa luz de plenilúnio. O advogado transbordava de uma poltrona. Nas mãos tinha um papelzinho sobre o qual, enquanto falava, de vez em quando baixava os olhos.

— Falo em nome e por conta do meu cliente, o engenheiro Antonio Peruzzo, o qual se vê obrigado a sair de sua devida reserva para conter o crescente vozerio de mentiras e maldades desencadeado contra ele. O engenheiro quer fazer saber a todos que desde o dia seguinte ao sequestro da sobrinha se colocou à total disposição dos sequestradores, conhecedor que é das reais e desfavoráveis condições econômicas da família Mistretta. Lamentavelmente, à pronta disponibilidade do engenheiro não correspondeu, inexplicavelmente, uma igual solicitude por parte dos sequestradores. O engenheiro Peruzzo, estando assim as coisas, não pode senão reiterar o compromisso já assumido, antes que com os sequestradores, com sua própria consciência.

Entre todos os que se encontravam no bar explodiu uma gargalhada gigantesca, que não deixou ouvir a notícia seguinte.

— Se o engenheiro assumiu um compromisso com sua consciência, a moça está fodida! — disse um, resumindo o pensamento geral.

Agora, a situação era a seguinte: se o engenheiro se decidia a pagar o resgate à vista de todos, diante da televisão, todos pensariam que ele estava pagando com notas falsas.

Montalbano voltou ao gabinete e telefonou a Minutolo. Este informou:

— O juiz acaba de me ligar, ele também ouviu a declaração do advogado. Quer que eu procure Luna imediatamente para pedir esclarecimentos, elucidações, uma visita informal, digamos assim. E respeitosa. Em suma, precisamos agir com luvas de pelica. Já telefonei, e Luna, que me conhece, se disponibilizou. Ele conhece você?

— Bah!, de vista.

— Quer ir também?

— Claro. Me dê o endereço.

Minutolo o aguardava no portão. Tinha ido no próprio carro, como Montalbano. Sábia precaução, porque muitos dos clientes do advogado Luna, se vissem parado em frente à casa dele um automóvel com a identificação "Polícia", corriam o risco de ter um troço. Casa de decoração pesada e luxuosa. Uma doméstica vestida de doméstica os introduziu no escritório já visto na televisão. Acenou aos dois que se acomodassem.

— O advogado já vem.

Minutolo e Montalbano se sentaram nas poltronas de uma espécie de saleta que havia num canto. Na realidade, perderam-se dentro das respectivas poltronas gigantescas, feitas sob medida de elefante e do advogado. A parede atrás da escrivaninha era inteiramente coberta de fotografias de tamanhos variados, mas todas devidamente emolduradas. Havia no mínimo umas cinquenta, pareciam ex-votos pendurados em memória e agradecimento a algum santo miraculoso. A disposição das luzes no aposento não permitia distinguir quem eram as pessoas retratadas. Talvez fossem de clientes salvos das cadeias pátrias por aquele misto de oratória, esperteza, corrupção e jogo de cintura que era o advogado Luna. Considerando, porém, que o dono da casa demorava a aparecer, o comissário não conseguiu resistir. Levantou-se e foi olhar as fotos de perto. Eram todas de políticos, senadores, deputados, ministros e subsecretários, ex ou em exercício. Todas com assinaturas e dedicatórias que variavam do "caro" ao "caríssimo". Montalbano voltou a se sentar, agora compreendia por que o chefe de polícia havia recomendado prudência.

— Caríssimos amigos! — fez o advogado, ao entrar. — Fiquem à vontade! Fiquem à vontade! Posso lhes oferecer alguma coisa? Tenho tudo o que os senhores desejarem.

— Não, obrigado — disse Minutolo.

— Sim, obrigado, um daiquiri — disse Montalbano.

O advogado o encarou, aparvalhado.

— Realmente, eu não...

— Não importa — concedeu o comissário, fazendo um gesto semelhante ao de quem afasta uma mosca.

Minutolo, enquanto o advogado despencava no sofá, lançou um olhar severo a Montalbano, como se lhe dissesse para não começar a bancar o engraçadinho.

— E então, falo eu ou falam os senhores?

— Fale o senhor — respondeu Minutolo.
— Posso tomar notas? — perguntou Montalbano, levando a mão a um bolso onde não trazia absolutamente nada.
— Mas não! Por quê? — saltou Luna.
Minutolo suplicou com os olhos a Montalbano que parasse de encher o saco.
— Tudo bem, tudo bem — fez o comissário, conciliador.
— Aonde tínhamos chegado? — perguntou o advogado, que se perdera.
— Ainda não partimos — disse Montalbano.
Luna deve ter intuído a encenação, mas fingiu não perceber nada. Montalbano compreendeu que o outro havia compreendido e decidiu parar com a gozação.
— Ah, sim. Pois Bem. O meu assistido, por volta das 10 horas do dia seguinte ao sequestro de sua sobrinha, recebeu um telefonema anônimo.
— Quando?! — perguntaram em coro Minutolo e Montalbano.
— Por volta das 10 horas do dia seguinte ao sequestro.
— Ou seja, apenas catorze horas depois? — fez Minutolo, ainda espantado.
— Exatamente — prosseguiu o advogado. — Uma voz masculina avisava que, tendo os sequestradores conhecimento de que os Mistretta não estavam em condições de pagar o resgate, para todos os efeitos ele era considerado a única pessoa capaz de lhes satisfazer as exigências. Telefonariam de novo às 15 horas. O meu assistido...

A cada vez que dizia "o meu assistido", Luna fazia a cara de uma enfermeira que, à cabeceira de um moribundo, lhe enxuga o suor.

— ...precipitou-se para cá. Bem rapidamente chegamos à conclusão de que o meu assistido havia sido habilmente metido em maus lençóis. E de que os sequestradores tinham todas as cartas na mão para envolvê-lo. Subtrair-se às responsabilidades seria um grave *vulnus* à sua imagem, de resto já anteriormente danificada por alguns desagradáveis episódios. E poderia comprometer irremediavelmente suas ambições políticas. Como creio que aconteceu, infelizmente. Ele ia ser arrolado, em um colégio eleitoral fechado, para as próximas eleições.

— Inútil perguntar por qual partido — disse Montalbano, olhando a foto do presidente vestido num jogging.

— De fato, sua pergunta é inútil — retrucou o advogado, duro. E prosseguiu: — Dei a ele algumas sugestões. Às 15 horas, o sequestrador telefonou de novo. A uma pergunta precisa, por mim sugerida, respondeu que a prova de vida da jovem seria dada publicamente através da Televigàta. O que, aliás, aconteceu pontualmente. Fizeram uma exigência de 6 bilhões. Quiseram que o meu assistido comprasse um celular novo e seguisse imediatamente para Palermo, sem comunicar-se com ninguém, à exceção dos bancos. Uma hora depois, telefonaram mais uma vez para obter o número do celular. O meu assistido não pôde senão obedecer e em tempo recorde retirou os 6 bilhões exigidos. Na noite do dia seguinte, foi novamente procurado e disse estar pronto para pagar. Mas, repito, como disse na tevê, inexplicavelmente, ainda não recebeu nenhum contato.

— Por que o senhor não foi autorizado mais cedo pelo engenheiro a divulgar a declaração que fez esta noite? — perguntou Minutolo.

— Porque ele havia sido proibido em tal sentido pelos sequestradores. Não devia nem conceder entrevistas nem liberar informação alguma, devia também ele desaparecer por alguns dias.

— E agora a proibição foi suspensa?

— Não. É uma iniciativa do meu assistido, que está arriscando muitíssimo... Mas não aguenta mais... sobretudo depois da vil agressão à sua esposa e do incêndio dos caminhões.
— O senhor sabe onde se encontra agora o engenheiro?
— Não.
— Tem o número do celular dele, o novo?
— Não.
— E como entram em contato?
— Ele me telefona. De cabines públicas.
— O engenheiro tem e-mail?
— Sim, mas deixou em casa seu computador pessoal. Mandaram que fizesse assim, e ele obedeceu.
— Concluindo: o senhor está nos dizendo que uma eventual ordem de bloqueio de bens não teria efeito prático, na medida em que o engenheiro já tem consigo a soma exigida?
— Exatamente.
— Acredita que o engenheiro lhe telefonará, assim que souber onde e quando deverá entregar o resgate?
— Com que objetivo?
— Sabe que, se isso viesse a acontecer, o senhor teria o dever de nos informar imediatamente?
— Claro que sim. E estou pronto a fazê-lo. Só que o meu assistido não me telefonará, exceto, talvez, depois do fato consumado.

Todas as perguntas haviam sido feitas por Minutolo. Desta vez, Montalbano se decidiu a abrir a boca:

— De que valor?
— Não entendi — fez o advogado.
— Sabe que tipo de cédulas eles quiseram?
— Ah, sim. De 500 euros.

Era uma coisa estranha. Cédulas de alto valor. Mais fáceis de levar, porém muito mais difíceis de gastar.

— Sabe se o seu assistido...

O advogado fez de imediato a cara de enfermeira.
— ...conseguiu anotar os números de série?
— Não sei.
O advogado olhou seu Rolex de ouro e fez uma careta.
— E isto é tudo — disse, levantando-se.

Demoraram um pouquinho conversando em frente à casa do advogado.
— Coitado do engenheiro! — comentou o comissário. — Tentou tirar o cu da reta, esperava um sequestro-relâmpago, para as pessoas não saberem de nada, e no entanto...
— Esta é uma coisa que me preocupa — disse Minutolo. E começou a pensar alto: — Pelo que o advogado nos contou, se os sequestradores fizeram contato imediatamente com Peruzzo...
— Quase 12 horas antes de nos darem o primeiro telefonema — especificou Montalbano. — Nos trataram como se fôssemos marionetes. Serviram-se de nós como de figurantes. Porque, conosco, eles fizeram teatro. Desde o primeiro momento, sabiam qual era a pessoa de quem exigir o resgate. Nos fizeram perder tempo, a nós dois, e a Fazio, perder o sono. Foram competentes. Feitas as contas, as mensagens enviadas à casa dos Mistretta eram principalmente a encenação de um velho roteiro. O que nós queríamos ver, o que esperávamos ouvir.
— Pelo que o advogado nos disse — retomou Minutolo —, menos de vinte e quatro horas após o sequestro eles já tinham teoricamente o controle da situação. Bastava um telefonema ao engenheiro e ele entregava o dinheiro. Só que não o procuraram mais. Por quê? Estão em dificuldades? Talvez nossos homens, batendo os campos, atrapalhem a liberdade de movimento deles? Não seria melhor relaxar o cerco?
— Mas de que você tem medo, em substância?

— De que eles, ao se verem em perigo, façam alguma besteira.
— Você está esquecendo uma coisa fundamental.
— Que coisa?
— Que os sequestradores continuaram a contatar as televisões.
— Mas, então, por que não entram em contato com o engenheiro?
— Porque primeiro querem cozinhá-lo em fogo lento no próprio molho — disse o comissário.
— Mas, quanto mais o tempo passa, mais riscos os sequestradores correm!
— Eles sabem muito bem disso. E creio que sabem até que esticaram a corda ao máximo. Estou convencido de que, em questão de horas, Susanna volta para casa.

Minutolo o encarou, atordoado.

— Mas como?! Hoje de manhã, você não me parecia nem um pouco...
— Hoje de manhã o advogado ainda não tinha falado pela televisão nem usado um advérbio que repetiu ao falar conosco. Foi esperto, disse indiretamente aos sequestradores que acabem com esse jogo.
— Desculpe — fez Minutolo, totalmente perplexo —, que advérbio ele usou?
— Inexplicavelmente.
— E o que vem a significar?
— Vem a significar que ele, o advogado, estava explicando a coisa a si mesmo muitíssimo bem.
— Não entendi porra nenhuma.
— Deixe para lá. O que você vai fazer agora?
— Vou relatar ao juiz.

CAPÍTULO 13

Livia não estava em casa. A mesa tinha sido posta para duas pessoas e, ao lado do prato de Montalbano, havia um bilhetinho. "Fui ao cinema com minha amiga. Me espere para jantar." Ele foi tomar uma chuveirada e sentou-se diante do televisor. Na Retelibera havia um debate, moderado por Nicolò, sobre o sequestro de Susanna. Participavam um monsenhor, três advogados, um juiz aposentado e um jornalista. Depois de meia hora, o debate se transformou abertamente numa espécie de processo contra o engenheiro Peruzzo. Mais que um processo, um autêntico linchamento. Feitas as contas, ninguém acreditava no que o advogado Luna havia contado. Nenhum dos presentes se mostrou persuadido da história de que Peruzzo tinha o dinheiro pronto, mas os sequestradores não se manifestavam. Pela lógica, o interesse deles estava em pegar o dinheiro o mais depressa possível, libertar a moça e desaparecer. Quanto mais perdiam tempo, mais riscos corriam de ser descobertos. E então? Resultava espontâneo pensar que o responsável pela demora na libertação de Susanna era justamente o engenheiro, que — como insinuou o monsenhor — talvez esticasse a coisa para obter algum descontinho miserável no resgate. Mas obteria descontinhos, depois de agir como estava agindo, no dia em que comparecesse diante do juízo de Deus? Em conclusão, pareceu claro que, uma vez libertada a jovem, só restava a Peruzzo mudar de ares.

Muito pior do que ambições políticas entradas pelo cano! Montelusa, Vigàta e arredores já não teriam lugar para ele.

Desta vez, o tac das 3h27m40s o acordou. Ele percebeu ter a mente lúcida, funcionando perfeitamente, e aproveitou para recapitular toda a história do sequestro, desde o primeiro telefonema de Catarella. Terminou de refletir às 5h30, derrubado por um ataque repentino de sono. Já ia adormecendo quando o telefone tocou e, por sorte, Livia não ouviu. O relógio marcava 5h47. Era Fazio, muito emocionado.

— Susanna foi libertada.

— Ah, é? Como está ela?

— Bem.

— A gente se vê — concluiu Montalbano.

E se deitou de novo.

Contou a Livia assim que a viu se mexer na cama, dando os primeiros sinais do despertar. Ela pulou de pé como se tivesse encontrado uma aranha entre os lençóis.

— Quando você soube?

— Fazio me ligou. Eram quase 6 horas.

— Por que não me disse logo?

— Eu deveria acordá-la?

— Sim. Você sabe com quanta ansiedade eu acompanhei esta história. E me deixou dormir de propósito!

— Tudo bem, se é o que você acha, admito minha culpa e não se fala mais nisso. Agora se acalme.

Mas Livia queria armar um barraco de qualquer maneira. Encarou-o com desdém.

— E também não entendo como é que você fica na cama e não vai procurar Minutolo para saber, para se informar...

— De quê? Se você quer informações, ligue a televisão.

— Às vezes, sua indiferença me faz virar bicho!

E foi ligar a televisão. Já Montalbano se trancou calmamente no banheiro. Para enfurecê-lo, evidentemente, Livia mantinha o volume alto. Na cozinha, enquanto tomava café, ele ouvia vozes alteradas, sirenes, freadas. Quase não escutou o telefone tocar. Foi até a sala: tudo vibrava pelo barulho infernal que vinha da tevê.

— Livia, por favor, quer baixar este volume?

Livia obedeceu, resmungando. O comissário levantou o fone.

— Montalbano? E então, você não vem?

Era Minutolo.

— Para fazer o quê?

Minutolo pareceu aparvalhado.

— Bah... não sei... achei que você gostaria...

— Além disso, tenho a impressão de que vocês estão cercados.

— Lá isso é verdade. Em frente ao portão tem dezenas de repórteres, fotógrafos, câmeras... Precisei chamar reforços. Daqui a pouco chegam o juiz e o chefe de polícia. Uma confusão.

— E Susanna, como está?

— Um pouquinho abalada, mas substancialmente bem. O tio a examinou e achou-a em boas condições físicas.

— Como foi tratada?

— Diz que em nenhum momento fizeram algum gesto violento. Pelo contrário.

— Quantos eram?

— Ela viu sempre duas pessoas encapuzadas. Claramente camponeses.

— Como a soltaram?

— Ela contou que estava dormindo. Foi acordada, mandaram que botasse um capuz, amarraram suas mãos atrás das costas, tiraram ela do tanque e a introduziram no porta-malas de um carro. Viajaram, segundo disse, por mais de duas horas. Depois o carro parou, mandaram ela sair e caminhar por meia hora, depois afrouxaram os nós da corda nos pulsos, deixaram ela sentada e foram embora.

— Em todo esse tempo, não lhe dirigiram a palavra?

— Em nenhum momento. Susanna demorou um pouco a soltar as mãos e tirar o capuz. Era noite alta. Não tinha a mínima ideia de onde se encontrava, mas não desanimou. Conseguiu se orientar e se dirigir rumo a Vigàta. A certa altura, compreendeu que estava nas vizinhanças de La Cucca, você sabe, aquela aldeia...

— Sei, prossiga.

— Fica a pouco mais de 3 quilômetros da casa. Ela os percorreu, chegou ao portão, bateu e Fazio foi abrir.

— Tudo, portanto, segundo o roteiro.

— O que você quer dizer?

— Que eles continuam a nos mostrar o teatro que nos habituamos a ver. Um espetáculo fingido, o verdadeiro eles apresentaram para um só espectador, o engenheiro Peruzzo, e o chamaram para participar. Também houve um terceiro espetáculo, destinado à opinião pública. Sabe como Peruzzo desempenhou seu papel?

— Montalbà, sinceramente eu não compreendo o que você está dizendo.

— Vocês conseguiram entrar em contato com o engenheiro?
— Ainda não.
— E agora, o que se segue?
— O juiz vai ouvir Susanna e à tarde haverá uma coletiva à imprensa. Você não vem?
— Mas nem levando tiro.

Tinha acabado de chegar à porta do seu gabinete no comissariado quando o telefone tocou.

— Dotô? Tem um sujeito na linha que diz que é a lua. E eu, achando que ele estava de gozação, respondi que sou o sol. Ele se emputeceu. Maluco, eu acho.
— Pode passar.

O que queria o dedicado enfermeiro dos seus assistidos?

— Doutor Montalbano? Bom-dia. Aqui é o advogado Luna.
— Bom-dia, doutor Luna, pode falar.
— Antes de mais nada, parabéns pelo telefonista.
— Veja bem, doutor...
— *Non ti curar di lor, ma guarda e passa*,* como diz o grande poeta. Deixemos para lá. Estou telefonando só para fazê-lo lembrar seu inútil e ofensivo sarcasmo de ontem à noite, tanto em relação a mim como em relação ao meu assistido. Sabe, doutor, eu tenho o azar, ou a sorte, de possuir uma memória de elefante.

"Mas o senhor é um elefante", gostaria de responder o comissário, que conseguiu se conter.

— Explique-se melhor, por favor.
— Ontem à noite o senhor, quando esteve em minha casa com seu colega, estava convencido de que o meu assistido não pagaria, e no entanto, como viu...

---

* O advogado Luna pretendeu citar Dante (*Divina comédia*, "Inferno", III, 51), mas o verso correto é *Non ragionam di lor, ma guarda e passa*, "Mas não falemos deles: olha e passa". (*N. da T.*)

— Engana-se, advogado. Eu estava convencido de que o seu assistido, querendo ou não, iria pagar. Conseguiu entrar em contato com ele?

— Me telefonou esta noite, depois de fazer o seu dever, aquele que as pessoas esperavam.

— Podemos falar com ele?

— Ainda não aguenta, teve de sofrer uma experiência terrível.

— Uma experiência terrível como 6 bilhões em cédulas de 500 euros?

— Sim, dentro de uma maleta ou uma bolsa, não sei.

— Sabe onde o mandaram deixar o dinheiro?

— Telefonaram ontem por volta das 21 horas e descreveram minuciosamente o caminho que ele deveria percorrer para chegar a uma pequena passarela, a única que existe ao longo da estrada para Brancato. Pouquíssimo frequentada. Embaixo da passarela, ele encontraria uma espécie de poço de visita coberto por uma laje facilmente levantável. Devia apenas colocar a maleta ou bolsa lá dentro, fechar de volta e se afastar logo. Pouco antes da meia-noite o meu assistido chegou ao local, executou ao pé da letra o que haviam ordenado e se apressou a ir embora.

— Eu lhe agradeço, doutor.

— Queira desculpar, comissário, mas eu é que preciso lhe pedir um favor.

— Qual?

— Que o senhor colabore, honestamente, dizendo o que sabe, nem uma palavra a mais ou a menos, para a restauração da imagem do meu assistido, tão gravemente comprometida.

— Posso perguntar quem são os outros restauradores?

— Eu, o doutor Minutolo, o senhor, todos os amigos do partido ou não, em suma, aqueles que puderam conhecer...

— Se houver oportunidade, não faltarei.

— Eu lhe agradeço.

O telefone tocou novamente.

— Dotô, é o senhor e dotô Latte com S no fim.

O doutor Lattes, chefe de gabinete de Bonetti-Alderighi, dito "Latte e miele", homem carola e adocicado, assinante do *Osservatore Romano*.

— Caríssimo! Como vai? Como vai?

— Não tenho do que me queixar.

— Agradeçamos a Nossa Senhora! E a família?

Que saco! Lattes cismara que ele tinha família, não havia jeito de demovê-lo dessa convicção. Saber que Montalbano era solteiro talvez lhe provocasse um abalo letal.

— Todos bem, graças a Nossa Senhora.

— Em nome do senhor chefe de polícia, quero convidá-lo para a coletiva de imprensa que será dada na chefatura hoje às 17h30, pelo feliz desenlace do sequestro Mistretta. O chefe deseja recomendar, porém, que o senhor se limite a estar presente, não lhe será dada a palavra.

— Graças a Nossa Senhora — murmurou Montalbano.

— Como disse? Não escutei bem.

— Eu disse que tenho uma dúvida. Como o senhor sabe, estou em convalescença e fui chamado ao serviço apenas para...

— Sei, sei. E então?

— Então, eu poderia ser dispensado da coletiva? Tudo isso me deixou meio cansado.

Lattes não conseguiu esconder seu contentamento diante de tal pedido. Montalbano, nessas alocuções oficiais, era sempre considerado um perigo.

— Como não, como não? Preserve-se, caríssimo! Mas considere-se ainda em serviço, até nova ordem.

Seguramente alguém já tinha pensado em escrever o "Manual do perfeito investigador". Ele devia existir, assim como existia o "Manual do Escoteiro Mirim". E sem dúvida fora escrito pelos americanos, que são capazes de imprimir manuais sobre como enfiar os botões nas casas. Montalbano, porém, não havia lido esse manual do investigador. Mas certamente, em algum capítulo dele, o autor recomendava ao investigador que quanto mais cedo se faz o reconhecimento de uma cena de crime, melhor é. Ou seja, antes que os elementos naturais, chuva, vento, sol, o homem, os animais alterem aquela cena até tornar indecifráveis os sinais, às vezes já em si quase imperceptíveis.

A partir do que o advogado Luna lhe dissera, Montalbano se tornara o único dos investigadores a saber qual era o local onde o engenheiro havia deixado o dinheiro do resgate. Seu dever, refletiu, era transmitir imediatamente a Minutolo essa informação. Nas vizinhanças da passarela da estrada para Brancato, os sequestradores seguramente tinham se demorado, escondidos, primeiro para conferir se nos arredores não havia polícia de tocaia, depois para aguardar a chegada do carro de Peruzzo e, finalmente, esperando o tempo passar, a fim de se assegurar de que tudo estava tranquilo, antes de sair a descoberto e ir recuperar a maleta. E certamente haviam deixado algum vestígio de sua presença no local. Por isso, convinha ir inspecioná-lo de imediato, antes que a cena fosse alterada (ver o supracitado "Manual"). Um momento, disse ele a si mesmo, quando sua mão ia pegando o telefone: e se Minutolo não puder seguir logo para lá? Não seria melhor entrar no carro e ir dar pessoalmente uma primeira olhada? Um simples reconhecimento superficial: se, no entanto, descobrisse alguma coisa de importante, então avisaria a Minutolo, para uma busca mais aprofundada.

E assim tentou acalmar sua consciência, que vinha resmungando havia tempo.

A tal consciência, porém, teimosa como era, não somente não se deixou acalmar como expressou claramente seu pensamento:

"Não adianta arrumar desculpas, Montalbà: você quer simplesmente foder com Minutolo, agora que não há mais perigo para a garota."

— Catarella!
— Às ordens, dotô!
— Você conhece a estrada mais curta para Brancato?
— Qual Brancato, dotô? Brancato alta ou Brancato baixa?
— É tão grande assim?
— Não sinhô, dotô. Quinhentos bitantes até ontem. O fato é que, como Brancato alta está escorregando da montanha...
— Como assim? Deslizamento?
— Sim, e como tem esta coisa que vossenhoria disse, eles fabricaram uma aldeia nova no pé da montanha. Mas cinquenta velhos não quiseram deixar as casas e agora os bitantes estão bitando apartados, 449 embaixo e cinquenta em cima.
— Um momento, falta um habitante.
— E eu não disse quinhentos até ontem? Ontem morreu um, dotô. Meu primo Michele, que bita em Brancato baixa, me comunicou.

Imagine se Catarella não ia ter um parente, até naquela aldeia perdida!

— Escute, Catarè, para quem vem de Palermo, qual delas fica antes, Brancato alta ou Brancato baixa?
— A baixa, dotô.
— E como se chega lá?

A explicação foi longa e laboriosa.

— Catarè, se o doutor Minutolo telefonar, diga para ele me ligar no celular.

Pegou um tráfego intenso na via expressa para Palermo. Era uma estrada normalíssima, de duas pistas ligeiramente mais largas do que o normal, mas, sabe-se lá por quê, todos a consideravam uma espécie de autoestrada. E, consequentemente, comportavam-se como numa autoestrada. Carretas que se ultrapassavam, automóveis que corriam a 150 por hora (já que um ministro, aquele dito competente, havia declarado que se podia andar a essa velocidade nas autoestradas), tratores, vespas, caminhonetes desconjuntadas em meio a um dilúvio de motonetas. Tanto à direita como à esquerda, a estrada era constelada por pequenas lápides ornadas de ramalhetes de flores, não por enfeite, mas para marcar o local exato onde dezenas de desgraçados, de carro ou de moto, haviam perdido a vida. Um memento contínuo, para o qual, no entanto, todos cagavam solenemente.

Dobrou na terceira bifurcação à direita. A estrada era asfaltada, mas não sinalizada. Ele devia confiar nas indicações de Catarella. Agora a paisagem tinha mudado, havia um sobe e desce de colinazinhas, alguns vinhedos. De aldeia, porém, nem sombra. Montalbano ainda não tinha cruzado com um só veículo. Começou a se preocupar e, além do mais, não se via vivalma a quem pedir uma informação. De repente, perdeu a vontade de continuar. Justamente quando já ia fazer meia-volta para retornar a Vigàta, viu ao longe uma carroça que vinha em sua direção. Decidiu perguntar ao carroceiro. Prosseguiu mais um pouquinho, chegou à altura do cavalo, parou, abriu a porta e desceu.

— Bom-dia — disse ao carroceiro.

O tal carroceiro sequer parecia ter notado a chegada do comissário: olhava fixamente à sua frente, segurando as rédeas.

— Pra vossenhoria — retribuiu o homem da carroça, um sessentão estorricado pelo sol, seco, vestido de fustão, na cabeça um absurdo chapéu Borsalino que devia remontar aos anos 1950.

Mas não fez menção de parar.

— Eu queria pedir uma informação — disse Montalbano, detendo-se ao lado dele.

— A mim?! — perguntou o homem, entre surpreso e consternado.

E a quem mais? Ao cavalo?

— Sim.

— Ehhh! — fez o carroceiro, puxando as rédeas. O animal estacou.

O homem não abriu a boca. Sempre olhando em frente, esperou que Montalbano fizesse a pergunta.

— O senhor poderia me indicar a estrada para Brancato baixa?

De má vontade, como se aquilo lhe causasse um cansaço enorme, o carroceiro disse:

— Sempre em frente. Terceira entrada à esquerda. Bom-dia. Ahhh!

Aquele "ahhh" se dirigia ao cavalo, que retomou sua marcha.

Cerca de meia hora depois, Montalbano viu aparecer ao longe alguma coisa a meio caminho entre uma passarela e uma ponte. Da ponte não tinha os parapeitos, mas sim grandes redes metálicas de proteção; da passarela não tinha a forma, porque era feita em arco, tal como uma ponte. Ao longe avultava uma colina sobre a qual, num equilíbrio impossível, estavam os dados brancos de algumas casinholas meio resvaladas. Seguramente tratava-se das habitações de Brancato alta, ao passo que da baixa ainda não se via nenhum teto. Fosse como fosse, a baixa devia ficar por aquelas bandas. Montalbano estacionou a uns 20 metros de distância da passarela, desceu e começou a olhar ao redor. A estrada era desoladoramente deserta, desde quando entrara na bifurcação ele só havia encontrado o carroceiro. Depois tinha percebido que havia também um camponês trabalhando com enxada. E só. Naquela estrada, assim que o sol descia e vinha o escuro, certamente não se enxergava nada de nada. Não havia nenhum tipo de iluminação, não havia casas das quais pudesse emanar um pouquinho de luz. Mas então, onde os sequestradores tinham se plantado, para conferir se o carro do engenheiro chegava? E sobretudo: como podiam saber com certeza que era o carro de Peruzzo e não um outro, que por puro milagre estivesse passando por ali?

Junto à passarela, da qual não se conseguia compreender a necessidade, o como e o porquê de terem tido a ideia de construí-la, não havia nem moitas nem muretas que dessem a possibilidade de se esconder. Até mesmo na escuridão noturna, aquele lugar não oferecia chances de alguém evitar ser flagrado pelos faróis de um carro. E então?

Um cachorro latiu. Impelido pela vontade de avistar um ser vivo, Montalbano o procurou com os olhos. E o viu. O cão estava no início da passarela, do lado direito, e dele só se percebia a cabeça. Seria possível que a tivessem construído só para permitir o trânsito de cães e gatos? Afinal, por que não? Em matéria de obras públicas, o impossível até se torna possível em nosso belo país. E de chofre o comissário compreendeu que os sequestradores tinham se malocado exatamente onde estava o cão.

Moveu-se através dos campos, atravessou um atalho e chegou ao ponto de onde partia a passarela, que era construída em dorso de jumento, ou seja, com uma forte curvatura. Quem ficasse bem no começo dela não podia ser visto da estrada. O comissário examinou atentamente o solo, enquanto o cão se afastava rosnando, mas não achou nada, nem sequer uma guimba de cigarro. E como é que você acha uma guimba de cigarro hoje em dia, quando todo mundo tem pavor de fumar por causa daquelas frases que aparecem nos maços, tipo "O fumo vai matar você de câncer"? Até os delinquentes perdem o vício do fumo, e o pobre do policial acaba privado de indícios essenciais. E se ele escrevesse uma exposição ao ministro da Saúde?

Inspecionou também a parte oposta da passarela. Nada. Voltou ao ponto de partida e deitou-se de bruços. Olhou lá embaixo, apoiando a cabeça na rede. Viu, quase na perpendicular, uma laje que recobria um poço de visita. Certamente os sequestradores, assim que o carro do engenheiro chegara, tinham subido na passarela e feito exatamente como ele, deitando-se no chão. Dali, à luz dos faróis, haviam visto Peruzzo levantar a laje, meter a maleta no poço e ir embora. Certamente, as coisas tinham sido assim. Mas o objetivo pelo qual ele viera até ali não havia sido alcançado: os sequestradores não tinham deixado rastros.

Desceu da passarela e foi até embaixo dela. Examinou a laje que recobria o poço. Achou o vão muito pequeno para caber uma maleta. Fez um cálculo rápido: 6 bilhões equivaliam, mais ou menos, a 3 milhões e 100 mil euros. Se cada maço fosse de cem cédulas de 500 euros, isso significava que bastavam 62 maços. Por isso, não era necessária uma maleta grande, pelo contrário. A laje era facilmente levantável porque trazia uma espécie de argola de ferro. Ele enfiou um dedo e puxou. A laje veio junto. Montalbano olhou lá dentro e se espantou. Havia uma bolsa, e não parecia vazia. O dinheiro de Peruzzo ainda estava ali? Seria possível que os sequestradores não o tivessem retirado? Então, por que haviam libertado a garota?

Ajoelhou-se, meteu o braço, puxou a bolsa, que pesava, levantou-a e pousou-a no terreno. Respirou fundo e abriu. A bolsa estava atochada de maços. Não de notas, mas de recortes de velhos periódicos mofados.

CAPÍTULO 14

A surpresa lhe deu uma espécie de empurrão que o fez cair de bunda no solo. Com a boca aberta pelo estupor, ele começou a se fazer perguntas. O que significava aquela descoberta? Que, em vez de euros, o engenheiro havia colocado papéis velhos dentro da bolsa? Pelo pouco que sabia dele, interrogou-se, Peruzzo seria capaz de um jogo de azar levado ao extremo, que colocava em risco a vida da sobrinha? Pensou um pouquinho a respeito e chegou à conclusão de que o engenheiro era capaz, sim, disso e até de mais ainda. Então, tornava-se inexplicável o modo de agir dos sequestradores. Porque as hipóteses eram duas, e delas não se podia escapar: ou os sequestradores haviam aberto a bolsa no local, percebido a trapaça e, ainda assim, decidido soltar a garota, ou tinham caído na armadilha, ou seja, visto o engenheiro botar a bolsa no poço e, sem poder conferir de imediato o conteúdo, haviam confiado nele e dado a ordem de libertar Susanna.

Ou talvez Peruzzo soubesse de algum modo que os sequestradores não poderiam abrir logo a bolsa e olhar o que estava dentro, e assim teria apostado no tempo? Calma, raciocínio completamente errado. Ninguém podia impedi-los de ir abrir o poço quando lhes fosse mais conveniente. A entrega do resgate não significava necessariamente a imediata libertação da garota; portanto, em que "tempo" o engenheiro apostava? Em nenhum tempo. De qualquer lado que se olhasse, o truque do engenheiro era insensato.

Enquanto estava assim, atordoado, com as perguntas lhe metralhando o cérebro em verdadeiras rajadas, ouviu um estranho som de campainha e não compreendeu logo de onde vinha. Convenceu-se de que estava chegando um rebanho de ovelhas. Mas o som não se aproximava, embora continuasse muito perto. Então se deu conta de que o ruído vinha do celular, que ele não usava nunca e só colocara no bolso para aquela ocasião.

— É o senhor, doutor? Aqui é Fazio.

— O que foi?

— Doutor, o doutor Minutolo quer que eu lhe informe um fato ocorrido há uns três quartos de hora. Procurei o senhor no comissariado e em casa, mas depois Catarella finalmente se lembrou de que...

— Tudo bem, diga.

— Pois é, o doutor Minutolo telefonou ao advogado Luna para saber do engenheiro Peruzzo. E o advogado disse que o engenheiro pagou o resgate esta noite e até explicou a ele onde deixou o dinheiro. Então o doutor Minutolo correu para o local, que fica na estrada para Brancato, a fim de fazer uma vistoria. Infelizmente, os jornalistas também partiram atrás.

— Mas, afinal, o que Minutolo quer?

— Diz que gostaria que o senhor fosse ao encontro dele. Vou lhe explicar qual é o melhor caminho para...

Mas o comissário já tinha desligado. Minutolo, seus homens, uma caterva de repórteres, fotógrafos e câmeras podiam chegar de um momento para outro. E, se o vissem, como ele poderia explicar sua presença?

"Uau, que bela surpresa! Eu estava aqui arando o campo..."

Meteu às pressas a bolsa no poço, fechou-o com a laje, correu até o automóvel, deu a partida e iniciou a manobra para retornar, mas se deteve. Se refizesse a mesma estrada, seguramente cruzaria com a festiva caravana de veículos com Minutolo à frente. Não, era melhor prosseguir até Brancato baixa.

Chegou em menos de dez minutos. Uma aldeola limpinha, com uma praça pequenininha, a igreja, a prefeitura, um café, um banco, uma trattoria, uma loja de sapatos. À volta da praça havia bancos de granito. Sentados nos bancos, uns dez homens ao todo, anciãos, velhos e decrépitos. Não falavam, não se mexiam. Por uma fração de segundo, Montalbano pensou que se tratava de estátuas, admiráveis exemplos de arte hiper-realista. Mas um, pertencente à categoria decrépitos, de repente jogou a cabeça para trás, apoiando-a com uma pancada no encosto do banco. Ou estava morto, como parecia provável, ou tinha sido derrubado por um ataque súbito de sono.

O ar do campo lhe despertara o apetite. Ele olhou o relógio, era quase uma da tarde. Encaminhou-se para a trattoria, mas parou no meio do trajeto. E se algum jornalista tivesse a ideia de ir dar seus telefonemas em Brancato baixa? Seguramente, em Brancato alta não havia nem sombra de tabernas, mas ele não estava disposto a ficar muito tempo com o estômago vazio. A única saída era correr o risco e entrar na trattoria que ficava ali em frente.

Com o rabo do olho, viu um sujeito que saía do banco e parava para olhá-lo. Em seguida o homem, um quarentão gordo, aproximou-se com um grande sorriso:

— O senhor não é o comissário Montalbano?
— Sim, mas...
— Que prazer! Eu sou Michele Zarco.

Declamou nome e sobrenome no tom de quem é universalmente conhecido. E, já que o comissário continuava a fitá-lo sem dizer palavra, esclareceu:

— Sou o primo de Catarella.

Michele Zarco, agrimensor e vice-prefeito de Brancato, foi a salvação. Em primeiro lugar, levou-o à sua casa para comer bem, ou seja, o que houvesse, nada de *spiciali*, como disse. Dona Angila Zarco, loura desbotadíssima, de rara palavra, serviu canelone ao molho, nada desprezível, seguido pelo coelho agridoce da véspera. Ora, preparar coelho agridoce é tarefa difícil, porque tudo se baseia na exata proporção entre vinagre e mel e no amálgama correto entre os pedaços do coelho e a *caponata* dentro da qual ele deve cozinhar. A senhora Zarco soubera trabalhar, e como complemento havia espalhado por cima uma boa porção de amêndoas trituradas. Além disso, é sabido que o coelho agridoce se for comido recém-feito é uma coisa, mas se for comido no dia seguinte é outra bem diferente, porque ganha muito em sabor e em odor. Em suma, Montalbano se empanturrou.

Em segundo lugar, o vice-prefeito Zarco propôs ao comissário uma visita a Brancato alta, até para fazer a digestão. Naturalmente, foram no carro de Zarco. Depois de percorrer uma estrada tão cheia de curvas e recurvas que mais parecia a radiografia de um intestino, pararam no centro de um grupo de casas que fariam a felicidade de um cenógrafo do cinema expressionista. Não havia uma só que estivesse a prumo, todas pendiam para a direita ou para a esquerda, com tais inclinações que fariam a torre de Pisa parecer perfeitamente perpendicular. Três ou quatro casas eram até penduradas ao flanco da colina e se protraíam horizontalmente, talvez estivessem grudadas ali por ventosas escondidas nos alicerces. Dois velhos caminhavam conversando entre si, mas em voz alta, porque estavam com o corpo inclinado, um para a direita e outro para a esquerda, talvez condicionados pela pendência diferente das casas nas quais habitavam.

— Vamos voltar para tomar um café? O que minha mulher faz é ótimo — propôs o agrimensor Zarco, quando viu que Montalbano também principiava a caminhar meio torto, sugestionado pelo ambiente.

Quando veio abrir a porta, dona Angila pareceu ao comissário um desenho feito por uma criança: quase albina e com tranças, tinha as maçãs do rosto vermelhas e parecia agitada.

— O que foi? — perguntou o marido.

— A televisão acabou de dar que a moça foi libertada, mas o resgate não foi pago!

— Como?! — espantou-se o agrimensor, encarando Montalbano.

O qual deu de ombros e abriu os braços, como se dissesse que não sabia nada daquela história.

— Sim senhor — prosseguiu a mulher. — Disseram que a polícia encontrou a bolsa do engenheiro, bem perto daqui, e que dentro havia papel de jornal. O repórter então se perguntou como é que a moça foi libertada e por quê. Mas está claro que o tio, aquela coisa nojenta, fez ela correr o risco de ser assassinada!

Não mais Antonio Peruzzo. Não mais o engenheiro. E sim "aquela coisa nojenta", a merda inominável, as águas negras dos esgotos. Se o engenheiro realmente quisera jogar com a sorte, havia perdido a partida. Mesmo tendo sido libertada a moça, ele já estava para sempre prisioneiro do desprezo absoluto e total das pessoas.

Montalbano decidiu não voltar ao comissariado e seguir para Marinella, a fim de assistir em paz, na televisão, à entrevista coletiva. Nas proximidades da passarela, guiou atento à possibilidade de ainda haver algum retardatário. Não havia, mas eram fartos os sinais de que a horda de policiais, repórteres, fotógrafos e câmeras tinha andado por ali: latas de Coca-Cola vazias, garrafas de cerveja quebradas, maços de cigarros amassados. Um depósito de lixo. Tinham até quebrado a laje que fechava o poço.

Quando estava abrindo a porta de casa, sentiu-se gelar. Por toda a manhã não tinha telefonado a Livia, esquecera-se de avisar a ela que não chegaria a tempo para o almoço. Agora a briga seria inevitável e ele não tinha justificativas. Mas a casa estava vazia, Livia havia saído. Ao entrar no quarto, notou a mala dela feita pela metade. E de repente lembrou que na manhã seguinte Livia devia retornar a Boccadasse, tinham acabado os dias de férias que ela antecipara, para ficar ao lado dele no hospital e no início da convalescença. Isso lhe deu um repentino aperto no coração, a onda de comoção o pegou à traição, como sempre. Ainda bem que ela não estava, assim ele podia se desafogar sen constrangimento. E se desafogou. Depois foi lavar o rosto e sentou-se na cadeira diante do telefone. Procurou no catálogo: o advogado tinha dois números, o de casa e o do escritório. Teclou este último.

— Escritório do advogado Luna — fez uma voz feminina.
— Aqui é o comissário Montalbano. O advogado está?
— Sim, mas em reunião. Vou ver se ele pode atender.
Ruídos vários, musiquinha gravada.
— Caríssimo amigo! — fez o advogado Luna. — Neste momento, não posso falar com o senhor. Está no trabalho?
— Não, estou em casa. Quer o número?
— Sim.
Montalbano deu.
— Eu ligo daqui a dez minutos — prometeu o advogado.

O comissário notou que Luna, durante a breve conversa, não o chamara pelo nome nem pela qualificação. Sabe-se lá com quais assistidos estava em reunião, seguramente eles se sentiriam perturbados se ouvissem a palavra "comissário"

Passou-se bem mais de meia hora até que o telefone tocasse.

— Doutor Montalbano? Desculpe a demora, mas antes eu estava com umas pessoas, e também achei melhor chamá-lo de um telefone seguro.

— O que está me dizendo, advogado? Os telefones do seu escritório estão grampeados?

— Não tenho certeza, mas, nos tempos que correm... O que o senhor queria me dizer?

— Nada que o senhor já não saiba.

— Refere-se ao encontro da bolsa com papel de jornal?

— Exatamente. Certamente, o senhor compreende que essa descoberta dificulta bastante aquilo que me solicitou, a obra de restauração da imagem do engenheiro.

Silêncio, como se a ligação tivesse caído.

— Alô? — disse Montalbano.

— Ainda estou aqui. Comissário, me responda sinceramente: acha que eu, se soubesse que dentro daquele poço estava uma bolsa com papéis velhos, teria informado o local ao senhor e ao doutor Minutolo?

— Não.

— Pois então? Assim que soube da notícia, o meu assistido me telefonou transtornado. Chorando. Tinha percebido que aquela descoberta significava cimentar-lhe os pés e jogá-lo na água. Matá-lo por afogamento, sem possibilidade de voltar à tona. Comissário, a bolsa não era do meu assistido, ele tinha colocado o dinheiro numa maleta.

— Ele pode provar isso?

— Não.

— E como explica que, em vez da maleta, tenham encontrado uma bolsa?

— Não explica.

— E nessa maleta estava o dinheiro?

— Sem dúvida. Digamos, cerca de 62 maços de cédulas de 500, ou seja, 3 milhões, 98 mil e 74 centavos de euro arredondados para 1 euro, um total equivalente a 6 bilhões de velhas liras.

— E o senhor acredita?

— Comissário, eu devo acreditar no meu assistido. Mas o problema não é se eu acredito. O problema é que os outros não acreditam.

— Mas poderia haver um modo de demonstrar que seu assistido está dizendo a verdade.

— Ah, é? Qual?

— Simples. O engenheiro precisou amealhar em curto prazo, como o senhor mesmo me disse, o valor necessário para o resgate. Por conseguinte, existem os documentos bancários, devidamente datados, que atestam a retirada daquele valor. Bastará torná-los públicos, e seu assistido demonstrará assim a sua absoluta boa-fé.

Silêncio pesado.

— Está me ouvindo, advogado?

— Certo. É a mesma solução que eu prontamente sugeri ao meu assistido.

— Portanto, como vê...

— Há um problema.

— Qual?

— O engenheiro não recorreu aos bancos.

— Ah, não? A quem, então?

— O meu assistido se empenhou em não revelar os nomes daqueles que generosamente se prestaram a socorrê-lo num momento delicado. Em resumo, não há nada por escrito.

De que cloaca imunda e fedorenta havia saído a mão que dera o dinheiro a Peruzzo?

— Nesse caso, me parece que a situação é desesperadora.

— Também acho, comissário. Tanto que estou me perguntando se minha assistência ainda é útil ao engenheiro.

Ou seja, até os ratos se preparavam para abandonar o navio que afundava.

A coletiva se iniciou às 17h30 em ponto. Atrás de uma mesa enorme estavam Minutolo, o juiz, o chefe de polícia e Lattes. A sala da chefatura estava lotada de repórteres, fotógrafos e câmeras. Ali se encontravam Nicolò Zito e Pippo Ragonese, a uma conveniente distância um do outro. Primeiro falou Bonetti-Alderighi, o chefe de polícia, que julgou oportuno começar do começo, ou seja, contar como acontecera o sequestro. Esclareceu que essa primeira parte da narrativa se baseava nas declarações feitas pela jovem. Na noite do sequestro, Susanna Mistretta ia voltando para casa de motoneta, percorrendo a estrada habitual, quando, no cruzamento com a trilha San Gerlando, a poucos metros de sua moradia, um carro emparelhara com ela, obrigando-a a dobrar na trilha para evitar uma batida. Susanna mal teve tempo de parar, ainda agitada e confusa pelo acontecido, quando do carro já desciam dois homens com o rosto coberto por toucas ninja. Um deles agarrou-a e a jogou dentro do carro.

Susanna estava muito atordoada para reagir. O homem lhe tirou o capacete, apertou-lhe contra o nariz e a boca um chumaço de algodão, amordaçou-a, atou suas mãos atrás das costas e a fez deitar-se aos seus pés.

Confusamente, a jovem escutou o outro homem entrar no carro, instalar-se ao volante e arrancar. Depois perdeu os sentidos. Evidentemente, o segundo homem, mas esta era uma hipótese dos investigadores, tinha deslocado a motoneta do caminho.

Susanna havia acordado no escuro total. Continuava amordaçada, mas com os pulsos já livres. Compreendeu que se encontrava num lugar isolado. Movendo-se na escuridão, percebeu que havia sido deixada dentro de uma espécie de tanque de cimento, com mais de 3 metros de profundidade, e que no solo havia um velho colchão. Passou a noite assim, desesperada não tanto por sua situação pessoal quanto pelo pensamento na mãe moribunda. Depois deve ter cochilado. Acordou porque alguém havia acendido uma luz. Uma lâmpada daquelas usadas pelos mecânicos para iluminar de perto os motores. Havia dois homens encapuzados que a observavam. Um deles puxou um gravador de bolso, o outro desceu por uma escada portátil. O do gravador disse alguma coisa, o outro removeu a mordaça de Susanna, ela gritou por socorro e a mordaça foi recolocada. Pouco depois, voltaram. Um deles baixou a mesma escada portátil, desceu, tirou-lhe a mordaça e subiu de volta. O outro bateu uma foto polaroide. Não lhe puseram mais a mordaça. Para lhe trazer comida, sempre enlatada, usavam a escada, que baixavam a cada vez. Num canto do tanque havia um balde para necessidades fisiológicas. A partir daquele momento, a luz foi deixada sempre acesa.

Por todo o período do sequestro, Susanna não sofreu maus-tratos, mas não teve condições de fazer a mínima higiene pessoal. E em nenhum momento ouviu os sequestradores falarem entre si. Eles, aliás, em nenhum momento responderam às suas perguntas nem lhe dirigiram a palavra. Sequer lhe disseram, quando a tiraram do tanque, que ela seria libertada dali a pouco. Susanna soube indicar aos investigadores o local onde havia sido deixada. E de fato os investigadores tinham encontrado ali a corda e o lenço com o qual ela fora amordaçada. Em conclusão, o chefe de polícia disse que a moça estava bastante bem, considerando-se a terrível experiência vivida.

Em seguida, Lattes deu a palavra a um repórter, que se levantou e perguntou por que não era possível entrevistar a jovem.

— Porque as investigações estão em curso — respondeu o juiz.

— Mas, afinal, esse resgate foi pago ou não? — quis saber Zito.

— Segredo instrutório — disse ainda o juiz.

A esta altura levantou-se Pippo Ragonese. Sua boca de cu de galinha estava tão franzida que as palavras saíam truncadas.

— A respeit diss dev fzer não uma pergunt mas uma declaraç...

— Mais claro, mais claro — fez o coro grego dos repórteres.

— Devo fazer uma declaração, e não uma pergunta. Pouco antes de eu vir para cá, nossa redação recebeu um telefonema que me foi transferido. Reconheci a voz do sequestrador que já me telefonara antes. Ele declarou textualmente que o resgate não foi pago, que quem devia pagar os enganou, mas mesmo assim eles decidiram soltar a jovem, porque não queriam ter um cadáver na consciência.

Explodiu um alvoroço. Gente de pé gesticulando, gente correndo para fora da sala, o juiz invectivando Ragonese. A confusão era tanta que não se entendia uma só palavra. Montalbano desligou o televisor e foi se sentar na varanda.

Livia chegou uma hora depois e o encontrou olhando o mar. Não parecia nem um pouco enraivecida.

— Onde você esteve?

— Fui ver Beba e depois dei um pulo em Kolymbetra. Me prometa que vai lá um dia. E você? Nem sequer me telefonou para dizer que não vinha almoçar.

— Desculpe, Livia, mas...

— Não peça desculpas, não estou com a menor vontade de brigar com você. Estas são as últimas horas que passamos juntos. E não pretendo desperdiçá-las.

Rodou um pouquinho pela casa e em seguida fez uma coisa que não fazia quase nunca. Sentou-se nos joelhos dele e o abraçou com força. Ficou um tempinho assim, em silêncio. E depois:

— Vamos lá para dentro? — cochichou-lhe no ouvido.

Antes de entrar no quarto, Montalbano, pelo sim, pelo não, tirou o telefone da tomada.

Deitados, abraçados, deixaram passar a hora do jantar. E também a do pós-jantar.

— Estou contente porque o sequestro de Susanna se resolveu antes da minha partida — disse Livia, a certa altura.

— Pois é — fez o comissário.

Durante algum tempo, o sequestro lhe saíra da cabeça. E instintivamente ele se sentiu grato a Livia por tê-lo recordado naquela hora. Mas por quê? O que a gratidão tinha a ver? Não soube explicar a si mesmo.

Comeram trocando poucas palavras, a partida iminente pesava aos dois.

Livia se levantou e foi terminar de fazer a mala. Em certo momento, ele a ouviu perguntar em voz alta:

— Salvo, você pegou o livro que eu estava lendo?

— Não.

Era um romance de Simenon, *O noivado do senhor Hire*.

Livia veio se sentar ao lado dele na varanda.

— Não consigo achar. Queria levá-lo comigo e terminar de ler.

O comissário teve uma vaga ideia de onde podia estar o volume. Levantou-se.

— Aonde você vai?

— Já volto.

O livro estava onde ele tinha pensado: no quarto, caído da mesa de cabeceira e encaixado entre a parede e a perna da cama. Montalbano se inclinou, pegou-o, pousou-o em cima da mala já fechada. Voltou à varanda.

— Achei — disse.

E fez menção de se sentar novamente.

— Onde? — perguntou Livia.

E Montalbano se paralisou. Fulminado. Um pé um tantinho erguido, o corpo ligeiramente inclinado para a frente. Como numa repentina dor na cervical. Ficou tão imóvel que Livia se assustou.

— Salvo, o que você tem?

Ele não podia em absoluto se mexer, as pernas tinham ficado de chumbo, pesadíssimas, mas o cérebro, ao contrário, se movia a grande velocidade, com todas as suas engrenagens girando, felizes de poder finalmente rodar nos trilhos certos.

— Salvo, meu Deus, está passando mal?

— Não.

Lentamente ele sentiu que seu sangue já não estava petrificado e corria novamente. Conseguiu se sentar. Mas na cara devia ter uma expressão de aturdimento infinito, e não quis que Livia a visse.

Pousou a cabeça no ombro dela e disse:

— Obrigado.

E nesse instante compreendeu por que, antes, quando estavam deitados, havia experimentado aquele sentimento de gratidão que, à primeira vista, lhe parecera inexplicável.

CAPÍTULO 15

Naquela noite o salto da mola do tempo às 3h27m40s não pôde acordar Montalbano, na medida em que ele já estava em vigília. Não conseguira pegar no sono, gostaria de se embolar todo na cama, fazendo-se transportar pelas ondas de pensamentos que se sucediam uma após outra, como vagalhões de um mar agitado, mas não podia espinotear com braços e pernas, obrigava-se a não se mexer para não incomodar Livia, que, ao contrário, havia partido quase imediatamente para o país do sono.

O despertador soou às 6 horas. O dia se apresentava discreto, às 7h15 já rodavam pela estrada rumo ao aeroporto de Punta Raisi. Livia dirigia. Durante a viagem, quase não falaram. Montalbano, com a cabeça já perdida atrás daquilo que ele queria fazer imediatamente para tentar compreender se o que lhe viera à mente era fantasia absurda ou verdade igualmente absurda; e Livia, pensando naquilo que a esperava em Gênova, o trabalho atrasado, as coisas deixadas pela metade por causa da necessidade imprevista de ficar longo tempo em Vigàta ao lado de Salvo.

Antes que ela entrasse na sala de embarque, abraçaram-se em meio às pessoas, como jovens enamorados. Estreitando-a nos braços, Montalbano teve dois sentimentos contraditórios, dois sentimentos que não era natural estarem juntos e no entanto estavam. De um lado, uma profunda saudade pelo fato de Livia estar partindo, seguramente a casa de Marinella iria sublinhar a ausência dela o tempo todo, e ele, agora que caminhava para se tornar um senhor de certa idade, começava a sentir a solidão lhe pesar; o outro sentimento, em contraposição, era uma espécie de pressa, de urgência de que Livia partisse logo, sem perda de tempo, e ele pudesse retornar correndo a Vigàta para fazer o que devia fazer, completamente livre, já não obrigado a responder a horários e a perguntas dela.

Depois Livia se soltou do abraço, fitou-o e se encaminhou para o controle do embarque. Montalbano ficou parado onde estava. Não para acompanhá-la com o olhar até o último instante, mas por uma espécie de estupor súbito que interrompeu seu movimento seguinte, o de virar as costas e encaminhar-se para a saída. Porque lhe parecera captar, no fundo dos olhos dela, mas bem no fundo, um brilho, um clarão que não devia estar ali. Tinha durado um instante e se apagara logo, coberto pelo véu opaco da comoção. Mas o comissário teve tempo de perceber aquele lampejo, atenuado mas sempre lampejo, e de estranhá-lo. Será que, quando estavam abraçados, Livia também experimentara os mesmos sentimentos opostos que ele? Que ela também se sentia triste pelo afastamento e, ao mesmo tempo, aflita por recuperar sua liberdade?

Primeiro ele se enfureceu, depois teve vontade de rir. Como era mesmo aquela frase latina? *Nec tecum nec sine te.* Nem contigo nem sem ti. Perfeita.

— Montalbano? Minutolo.
— Olá. Conseguiram obter da moça alguma informação útil?
— Este é o problema, Montalbà. Um pouco por estar abalada pelo sequestro, e isso é lógico, e um pouco por não ter dormido desde quando voltou, ela não conseguiu nos contar muita coisa.
— Por que não dormiu?
— Porque o estado da mãe se agravou e Susanna não quis deixar a cabeceira dela nem por um instante. Por isso, hoje de manhã, quando me telefonaram avisando que a senhora Mistretta havia falecido esta noite...
— ...você se precipitou para a mansão, com muito tato e senso de oportunidade, a fim de interrogar Susanna.
— Montalbà, eu não faço essas coisas. Vim até aqui porque achei que devia. De tanto ficar nesta casa...
— ...tornou-se como alguém da família. Parabéns. Mas ainda não consegui entender por que você está me telefonando.
— Pois é, já que o funeral vai ser amanhã de manhã, eu gostaria de começar a interrogar Susanna seriamente, a partir de depois de amanhã. O juiz está de acordo. E você?
— O que eu tenho a ver?
— Não deve estar presente também?
— Não sei. O chefe de polícia é quem decidirá se eu devo ou não devo. Ou melhor, me faça um favor: telefone para ele, peça instruções e depois me avise.

— É vossenhoria, dotô? Aqui é Adelina Cirrinciò.

A doméstica Adelina! Como conseguira saber que Livia tinha partido? Pelo faro? Pelo vento? Melhor não indagar, senão viria a descobrir que no vilarejo conheciam até o motivo musical que ele cantarolava quando estava sentado no vaso sanitário.

— O que foi, Adelì?

— Dotô, posso ir de tarde pra limpar a casa e fazer comida?

— Não, Adelì, hoje não, venha amanhã de manhã.

Ele precisava ficar um pouco sozinho para pensar, sem ninguém por perto.

— E o senhô resolveu a coisa do batizado do meu neto? — continuou a empregada.

Não teve um segundo de hesitação. Livia, pretendendo bancar a engraçadinha, acabara lhe fornecendo uma excelente razão, com a história da conta equilibrada.

— Resolvi, aceito.

— Nossenhora, que alegria!

— Já marcaram a data?

— Depende de vossenhoria, dotô.

— De mim?

— É, de quando vossenhoria tá livre.

"Não, depende de quando seu filho estiver livre", gostaria de responder o comissário, já que Pasquale, o pai, não fazia mais do que entrar e sair da cadeia. Mas se limitou a dizer:

— Marquem tudo vocês mesmos e depois me informem. Atualmente, eu disponho do tempo que quiser.

Mais do que se sentar, Francesco Lipari desabou na cadeira diante da escrivaninha do comissário. Tinha a cara branca, branca, e por isso as olheiras eram de um negro denso, como que pintado com graxa de sapatos. A roupa estava amarrotada, talvez ele tivesse se deitado sem tirá-la. Montalbano se espantou: esperava encontrá-lo sereno e aliviado pela libertação da moça, e no entanto...

— Você está mal?

— Estou.
— Por quê?
— Susanna não quer falar comigo.
— Explique melhor.
— O que eu posso explicar? Desde quando soube que a soltaram, telefonei umas dez vezes. Me atenderam o pai ou o tio ou algum outro, mas não ela. E a cada vez me disseram que Susanna estava ocupada e não podia vir ao telefone. Inclusive hoje de manhã, quando eu soube que a mãe dela tinha morrido...
— Como soube?
— Deu numa rádio local. Logo pensei: ainda bem que ela foi libertada a tempo de vê-la viva! E telefonei, queria estar perto, mas recebi a mesma resposta. Ela não estava disponível.

Francesco segurou o rosto entre as mãos.

— Mas o que eu fiz para ela me tratar assim?
— Você, nada — disse Montalbano. — Mas deveria se esforçar por compreendê-la. O trauma do sequestro é muito forte e difícil de superar. Todos os que sofreram a mesma experiência dizem isso. É preciso dar tempo ao tempo.

E o bom samaritano Montalbano se calou, contente consigo mesmo. Estava elaborando sobre tudo aquilo uma opinião ousada e estritamente pessoal, por isso preferiu não a expor ao rapaz, mantendo-se nas generalidades.

— Mas ter ao lado uma pessoa que verdadeiramente gosta dela não a ajudaria a superar esse trauma?
— Quer saber de uma coisa?
— Sim.
— É uma confissão que faço a você: assim como Susanna, creio que eu também preferiria ficar sozinho, examinando as feridas.
— Feridas?!
— Sim. E não só as feridas recebidas, mas também as causadas nos outros.

O rapaz o encarou, completamente perdido.

— Não entendi nada.

— Deixe para lá.

O bom samaritano Montalbano não tinha intenção de gastar toda a sua dose de bondade cotidiana.

— Queria me dizer mais alguma coisa?

— Sim. O senhor sabia que o engenheiro Peruzzo foi excluído da lista de candidatos do seu partido?

— Não.

— E sabia que desde ontem à tarde a polícia fiscal está no escritório dele? Corre um boato de que, logo de saída, já encontraram material em volume e natureza suficientes para enviá-lo à prisão.

— Eu não sabia de nada. E então?

— E então, eu me faço umas perguntas.

— E espera de mim as respostas?

— Se possível.

— Estou disposto a responder a uma só pergunta sua, desde que saiba. Escolha qual.

O rapaz fez a pergunta imediatamente, via-se que era a primeira da lista:

— Acredita que foi o engenheiro quem botou jornais velhos na bolsa, em vez de dinheiro?

— E você, não acredita?

Francesco tentou um sorriso mas não conseguiu e torceu a boca numa careta.

— O senhor não devia responder a uma pergunta com outra pergunta.

Era esperto, o garoto, vivo e capaz. Um prazer, conversar com ele.

— Por que eu não acreditaria? — disse Montalbano. — Pelo que se ficou sabendo sobre Peruzzo, ele é homem de poucos escrúpulos e inclinado a atitudes perigosas. Pode ser que tenha resolvido apostar. Para ele, era essencial não ser envolvido na história, porque, uma vez dentro, iria se atolar cada vez mais. Então, por que não arriscar mais ainda e poupar 6 bilhões?

— Mas e se eles matassem Susanna?

— Ele afirmaria em último caso que havia pago o resgate e que quem faltara à palavra eram os sequestradores. Diria que Susanna podia ter reconhecido um e por isso sua eliminação se tornara necessária para eles. Começaria a chorar desesperado diante das câmeras e alguns acabariam acreditando.

— E entre esses também estaria o senhor, comissário?

— Apelo para a Quinta Emenda — disse Montalbano.

— Montalbano? Minutolo. Falei com o chefe de polícia.

— O que ele disse?

— Que não quer abusar da sua cortês disponibilidade.

— O que, traduzido em língua vulgar, significa que quanto mais cedo eu parar de encher o saco, melhor?

— Exatamente.

— O que você quer que eu lhe diga, meu amigo? Volto a ser um convalescente, e lhe desejo boa sorte.

— Mas se eu precisar trocar umas ideias com você, posso...

— Quando quiser.

— Sabia que a polícia fiscal, ao que parece, encontrou a maior trapalhada nos escritórios do engenheiro Peruzzo? A opinião geral é que desta vez ele se fodeu definitivamente.

Pegou as ampliações fotográficas que mandara pedir a Cicco De Cicco e colocou-as dentro de um envelope que, com dificuldade, conseguiu meter num bolso.

— Catarella!

— Pode mandar, dotô!

— O doutor Augello está aí?

— Não senhô, dotô. Está em Montelusa que o senhô e chefe de polícia chamou por causa que o dotô Augello é o foncionante na fonção.

A esta altura o senhor e chefe o tinha finalmente marginalizado, excluído, e só falava com Mimì, o foncionante na fonção.

— E Fazio?

— Também não, dotô. Se dirigiu-se momentâneo à *via* Palazzolo bem em frente à escola alimentar.

— Por quê?

— Um negociante que não queria pagar o *pizzo* atirou no sujeito que cobrava o dinheiro mas não acertou.

— Melhor assim.

— Melhor assim, dotô. Mas, em compensação, pegou no braço de um que se encontrava em trânsito de passagem.

— Escute, Catarè, eu vou voltar à convalescença em Marinella.

— Agora agora?

— Sim.

— Posso ir visitar o senhor se me der vontade de ver vossenhoria de pessoa pessoalmente?

— Quando quiser.

Antes de ir para casa, passou pela bodega onde às vezes se abastecia. Comprou azeitonas verdes, *passuluna* — aquelas pretas, ressequidas ao sol —, queijo-cavalo, pão fresco com gergelim em cima e uma lata de *pesto* de Trapani.

Em Marinella, enquanto a massa cozinhava, botou a mesa na varanda. O dia, depois de um vai-não-vai inicial, rendera-se definitivamente a um sol de primavera avançada. E não havia uma só nuvem, não soprava um fio de vento. O comissário escorreu a massa, temperou-a com o *pesto*, levou o prato lá para fora e começou a comer. Um sujeito vinha passando à beira-mar e por um instante se deteve, fixando o olhar na varanda. O que há de estranho comigo, pensou Montalbano, para esse cara me observar como se eu fosse um quadro, uma pintura? Ou talvez fosse verdadeiramente uma pintura, que poderia se intitular: "A refeição do aposentado solitário." O pensamento lhe tirou de repente o apetite. Continuou a comer a massa, mas sem vontade

O telefone tocou. Era Livia, dizendo que havia chegado bem, tudo em ordem, estava limpando a casa, ligaria de novo à noite. Telefonema breve, mas o bastante para fazer a massa esfriar.

Não conseguiu continuar comendo, viera-lhe um acesso de mau humor que lhe permitia no máximo um copo de vinho e um pouco de pão com gergelim. Partiu o pão, botou um pedaço na boca, mastigou demoradamente e depois tomou um gole de vinho, enquanto com o indicador da mão direita catava o gergelim caído da crosta: premia a semente entre toalha e dedo, fazendo-a aderir, e a levava à boca. O gostoso de comer pão com gergelim consiste sobretudo nesse rito.

Havia, bem grudada à parede direita da varanda, mas do lado de fora, uma touceira selvagem que com o tempo se tornara grande e espessa, e crescera tanto que chegava à altura de uma pessoa sentada no banco.

Várias vezes Livia tinha dito que convinha arrancá-la, mas agora a coisa tinha ficado bem difícil, a touceira já devia ter raízes grossas e compridas como as de uma árvore. Montalbano jamais soube por que lhe veio de repente a vontade de olhar para ela. Bastou-lhe girar a cabeça um pouquinho para a direita e a touceira entrou toda no seu campo visual. A planta selvagem estava renascendo, em meio ao amarelo ressequido despontavam aqui e ali alguns pontos verdes. Entre dois ramos, quase no topo, luzia ao sol uma teia prateada. Montalbano teve certeza de que ela não existia na véspera, porque Livia a teria percebido e destruído com a vassoura, pois morria de medo de aranhas. Seguramente, a teia havia sido feita durante a noite.

O comissário se levantou e foi se apoiar à balaustrada para poder examiná-la mais de perto. Era uma construção geométrica assombrosa.

Fascinado, ele contou uns trinta fios em círculos concêntricos que passavam gradualmente a circunferências menores à medida que se aproximavam do centro. A distância entre um fio e outro era sempre igual, mas aumentava, e muito, na zona central. Além disso, a tessitura dos fios em círculos era como que sustentada e escandida por fios radiais que partiam do centro e chegavam até a circunferência extrema da teia.

Montalbano calculou que os fios radiais eram uns vinte e que a distância entre eles era uniforme. O centro da teia era constituído pelos pontos de convergência de todos os fios, mantidos juntos por um fio diferente dos outros, feito em espiral.

Que paciência a aranha devia ter tido!

Porque certamente havia encontrado obstáculos, um golpe de vento que rompia a trama, um animal que ia passando e deslocava um ramo... E ela, nada, tinha prosseguido do mesmo jeito em seu trabalho noturno, decidida a fabricar sua teia a qualquer custo, obstinada, cega e surda a qualquer outro estímulo.

Mas onde estava ela, a aranha? Por mais que se esforçasse, o comissário não conseguia vê-la. Já fora embora, abandonando tudo? Tinha sido comida por outro bicho? Ou estava escondida embaixo de alguma folha seca, espiando ao redor, atentíssima, com seus oito olhos dispostos em diadema e suas oito patas prontas a saltar?

Subitamente a teia começou a vibrar, a estremecer muito de leve. Não era por uma aragem repentina, porque as folhas mais próximas, mesmo as mais leves, não se mexiam. Não: era um movimento artificial, provocado de propósito. E por quem, senão pela própria aranha? Evidentemente, a aranha invisível queria que a teia fosse confundida com alguma outra coisa, um véu de geada, um vapor aquoso, e com as patas movimentava os fios. Uma armadilha.

Montalbano virou-se para a mesa, pegou um pedaço minúsculo de miolo de pão, esfarelou-o ainda mais em pedacinhos menores e lançou-os em direção à teia. Eram muito leves e se dispersaram no ar, apenas um ficou preso justamente no fio espiralado do centro, mas só permaneceu ali uma fração de segundo, antes estava e logo depois não estava mais: um ponto cinzento que partira fulminantemente do alto da teia, onde esta era coberta por algumas folhas, havia incorporado a migalha de pão e desaparecido. Mais do que percebê-lo, porém, o comissário havia intuído o movimento. Ficou embasbacado pela velocidade com a qual aquele ponto cinzento se movera. Decidiu ver melhor a ação da aranha. Pegou outra migalha, fez uma bolinha um pouco maior do que a anterior e lançou-a com precisão no centro da teia, que vibrou inteira. O ponto cinzento saltou novamente, chegou ao centro, cobriu o pão com seu corpo, mas não voltou a se esconder. Ficou parado, absolutamente visível, no meio de sua admirável construção de aéreas geometrias. Montalbano teve a impressão de que a aranha o fitava, triunfante.

E então, com uma lentidão de pesadelo, como numa interminável fusão cinematográfica, a cabecinha da aranha começou a mudar de cor e de forma, do cinzento passando ao rosa, o pelo se transformando em cabelo, os olhos se reduzindo de oito para dois, até representar uma minúscula face humana que sorria satisfeita com o butim que mantinha apertado entre as patas.

Montalbano se aterrorizou. Estaria vivendo um pesadelo, ou, sem perceber, tinha bebido vinho demais? E de repente lhe veio à mente um trecho de Ovídio estudado na escola, aquele da fiandeira Aracne transformada em aranha por Atena... Seria possível que o tempo tivesse passado a correr para trás, até chegar à escura noite dos mitos? Ele teve uma espécie de tontura, de vertigem. Por sorte, aquela visão monstruosa durou pouco, e subitamente a imagem começou a ficar incerta, porque se iniciava a transformação inversa. Mas, antes que a aranha voltasse a ser aranha, antes que ela desaparecesse novamente entre as folhas, Montalbano tivera tempo de reconhecer aquela face. Não, não era a de Aracne, disso estava certo.

Sentou-se no banco sentindo que as pernas não o aguentavam, precisou beber um copo inteiro de vinho para recuperar um pouco de força.

E pensou que também àquela outra aranha, àquela cujo rosto ele havia vislumbrado por um instante, a ideia de fabricar uma teia gigantesca sem dúvida ocorrera durante a noite, uma das muitas e muitas noites de angústia, de tormento, de raiva.

E com paciência, com tenacidade, com determinação, sem recuar diante de nada, finalmente construíra a teia. Um prodígio geométrico, uma obra-prima de lógica.

Mas era impossível que naquela construção não houvesse um erro, ainda que mínimo, uma imperfeição quase invisível.

O comissário se levantou, entrou em casa e começou a procurar uma lupa, que devia estar em algum lugar. De Sherlock Holmes em diante, um policial não é um verdadeiro policial se não tiver uma lupa ao alcance da mão.

Abriu gavetas e gavetinhas, desarrumou tudo, caiu-lhe nas mãos uma carta de um amigo recebida seis meses antes e ainda não aberta, abriu-a, leu-a, ficou sabendo que seu amigo Gaspano se tornara avô (caralho! mas ele e Gaspano não eram coetâneos?), procurou de novo e finalmente decidiu que não adiantava continuar. Evidentemente, devia deduzir daí que não era um verdadeiro policial. Elementar, meu caro Watson. Voltou à varanda, apoiou-se à balaustrada, debruçou-se bastante até quase pousar o nariz no centro da teia. Recuou um pouco, temendo que a aranha, fulminante, lhe beliscasse o nariz, confundindo-o com uma presa. Olhou atentamente, até quase lacrimejar. Não, a teia parecia geometricamente perfeita, mas na realidade não o era. Em pelo menos três ou quatro pontos, a distância entre um fio e outro não era regular, e dois deles, em pequenos trechos, até faziam um zigue-zague.

Sentindo-se reassegurado, o comissário sorriu. E depois o sorriso se transformou em gargalhada. A teia de aranha! Não havia lugar-comum mais batido do que aquele para falar de um plano tramado no escuro. Mas ele o adotaria. E o lugar-comum quisera se vingar do seu desprezo concretizando-se e obrigando-o a levá-lo em consideração.

CAPÍTULO 16

Duas horas depois, percorria de carro a estrada para Gallotta com os olhos arregalados, porque não se lembrava mais do ponto onde devia dobrar. A certa altura reviu, à direita, a árvore com a tábua pregada na qual estava escrito, com tinta vermelha: "Ovos frescos."

O atalho que partia da estrada só levava ao dado branco da casinhola rural onde ele estivera. E ali acabava. A distância, Montalbano notou que no descampado em frente da casa estava parado um automóvel. Percorreu o atalho todo em aclive, parou seu carro junto do outro e desceu.

A porta estava fechada, talvez a moça estivesse atendendo um cliente que tinha intenções diferentes daquelas de adquirir ovos.

Não bateu, decidiu esperar um pouquinho fumando um cigarro, encostado ao carro. Quando jogava fora a guimba, teve a impressão de notar alguma coisa que apareceu e desapareceu atrás da minúscula janela gradeada que ficava ao lado da entrada e que servia para arejar o aposento quando a porta estava fechada. Um rosto, talvez. Depois a porta se abriu e saiu um cinquentão distinto, gorduchinho, óculos de ouro, vermelho-pimentão de vergonha. Nas mãos trazia seu álibi: uma embalagem de ovos. Abriu o carro, meteu-se lá dentro e partiu correndo. A porta ficou meio aberta.

— Por que não entra, comissário?

Montalbano entrou. A moça estava sentada na cama de campanha-sofá, a qual tinha a colcha toda desarrumada, uma almofada caíra no pavimento. Ela reabotoava a blusa, os cabelos negros e longos soltos nos ombros, os cantos da boca sujos de batom.

— Olhei pela janela e reconheci logo vossenhoria. Me dê licença, um instantinho só.

Ela se levantou para arrumar a cama. Estava elegante como o comissário a vira na primeira vez.

— Como está seu marido? — perguntou Montalbano, olhando a porta do quarto dos fundos, que estava fechada.

— Como o senhor quer que ele esteja, coitadinho?

E, depois de ajeitar as coisas e de limpar a boca com um lenço de papel, perguntou, com um sorriso:

— Faço um café pro senhor?

— Obrigado, aceito. Mas não quero lhe dar trabalho.

— Que trabalho, tá brincando? Vossenhoria não parece tira. Senta — disse ela, passando a ele uma cadeira de palha.

— Obrigado. Não sei como você se chama.

— Angela. Angela Di Bartolomeo.

— Meus colegas a interrogaram?

— Eu fiz como vossenhoria mandou, doutor, troquei de roupa, vesti umas ruinzinhas, puxei a cama de campanha pro outro quarto... Mas não teve jeito. Botaram a casa de pernas pro ar, procuraram até embaixo da cama onde tava meu marido, me fizeram perguntas por quatro horas seguidas, procuraram no galinheiro e deixaram as galinhas fugirem, me quebraram três cestos de ovos... e também tinha um, um tremendo filho da puta, o senhor me desculpe, mas assim que podia, quando a gente tava sozinho, ele se aproveitava.

— Como assim, se aproveitava?

— Me tocava os peitos. A certa altura, não aguentei mais e comecei a chorar. Não adiantava eu repetir que nunca tinha feito nenhum mal à sobrinha do doutor Mistretta, porque o doutor até dá os remédios de graça pro meu marido... nada, eles nem escutavam.

O café estava ótimo.

— Escute, Angela, preciso que você faça um esforço de memória.

— Pra vossenhoria, o que quiser.

— Lembra que me disse que, depois do sequestro de Susanna, uma noite chegou aqui um carro, e você achou que era um cliente?

— Sim.

— Bom, agora que as coisas se acalmaram, você pode recapitular com tranquilidade o que fez quando ouviu o ruído do motor?

— Eu não lhe disse?

— Você me disse que se levantou da cama porque achou que era um cliente.

— Pois é.

— Mas um cliente que não a tinha avisado sobre sua visita.

— Pois é.

— Você se levantou, e o que fez?

— Vim pra cá e acendi a lâmpada.

E este era o fato novo, aquele que o comissário estava procurando. Portanto, alguma coisa Angela devia ter visto, e não só escutado.

— Espere um pouco. Que lâmpada?

— A de fora, aquela que fica em cima da porta e quando tá escuro serve pra clarear o descampado. Quando o meu marido tava bom, no verão a gente botava a mesa lá. O interruptor é aqui, tá vendo?

E o apontou. Ficava na parede entre a porta e a janelinha.

— E depois?

— Depois olhei pela janela, que tava meio aberta. Mas o carro já tinha manobrado, eu só vi ele por trás.

— Angela, você entende de carros?

— Eu?! — espantou-se ela. — Imagine!

— Mas a silhueta posterior daquele carro você conseguiu ver, é o que acaba de me contar.

— Sim.

— Lembra de que cor era?

Angela pensou um pouquinho.

— Não sei dizer, comissário. Podia ser azul, preto, verde-escuro... De uma coisa eu tenho certeza: não era uma cor clara.

Agora vinha a pergunta mais difícil.

Montalbano tomou fôlego e a fez. E Angela respondeu, meio surpresa por não ter pensado nisso antes.

— Sim. É verdade!

E logo em seguida fez uma expressão confusa, atrapalhada.

— Mas... o que tem a ver?

— Na verdade, não tem nada a ver — apressou-se o comissário a tranquilizá-la. — Só perguntei porque o carro que estou procurando se parece muito com esse.

Levantou-se, estendeu a mão a ela.

— Até mais ver.

Angela também se levantou.

— Quer um ovo bem fresquinho?

E, antes que o comissário pudesse responder, já o tirava de um cesto. Montalbano o pegou, bateu-o de leve duas vezes sobre a mesa e sugou-o. Fazia anos que não degustava um ovo assim.

No caminho de volta, viu numa bifurcação uma placa que dizia: "Montereale, 18 km." Dobrou e pegou aquela estrada. Talvez tivesse sido o sabor do ovo a fazê-lo recordar que havia muito tempo não ia à bodega de *don* Cosimo, uma bodega minúscula, mas onde ainda se podiam encontrar coisas já desaparecidas de Vigàta, como por exemplo orégano em maço, extrato de tomate secado ao sol e, sobretudo, vinagre obtido com a fermentação natural do vinho tinto de alta graduação, porque havia visto que na garrafa da cozinha só restavam uns dois dedos. Por isso, precisava de reabastecimento urgente.

Chegou a Montereale depois de levar um tempo inacreditável, fizera o trajeto em ritmo de pedestre, um pouco porque pensava nas implicações daquilo que fora confirmado por Angela e um pouco pelo prazer de apreciar a nova paisagem. Dentro do vilarejo, quando virou para pegar a travessa que levava à bodega, percebeu uma placa de contramão. Uma novidade, antes não existia. Portanto, ele deveria fazer uma longa volta. Melhor deixar o carro na pracinha onde se encontrava e percorrer um trechinho a pé. Encostou, desligou, abriu a porta e viu diante de si um guarda uniformizado.

— Aqui não pode estacionar.
— Não? Por quê?
— Não viu aquela placa? Parada proibida.

O comissário olhou ao redor. Na pracinha estavam parados três veículos: uma caminhonete, um fusão e um carro *off-road*.

— E esses?

O guarda fez uma cara severa.

— Estão autorizados.

Mas por que agora todo vilarejo, mesmo que só tivesse duzentos habitantes, acreditava ser no mínimo Noviorque e estabelecia complicadíssimas regras de trânsito que mudavam a cada quinze dias?

— Escute — disse o comissário, conciliador. — É uma paradinha de alguns minutos. Vou só até a bodega de *don* Cosimo para comprar...

— Não pode.

— Também é proibido ir à lojinha de *don* Cosimo? — perguntou Montalbano, completamente surpreso.

— Não é proibido — disse o guarda. — O fato é que a loja está fechada.

— E quando abre?

— Não creio que abra mais. *Don* Cosimo morreu.

— Jesus! Quando?

— O senhor é parente?

— Não, mas...

— Por que esse espanto todo? O finado *don* Cosimo tinha noventa e cinco anos. Morreu três meses atrás.

O comissário arrancou xingando. Para sair do vilarejo precisou fazer uma espécie de percurso labiríntico que a certa altura lhe fez subir o nervoso. Recuperou a calma quando começou a rodar pela estrada litorânea que o levava a Marinella. De repente se lembrou de que Mimì Augello, quando lhe comunicara que os *carabinieri* tinham achado a mochila de Susanna, havia especificado que ela se encontrava atrás do marco de pedra indicativo do quarto quilômetro da estrada que ele percorria agora. Estava quase lá. Reduziu e foi parar bem no ponto informado por Mimì. Desceu. Não se viam casas nas proximidades. À direita cresciam tufos de mato, e depois explodia a praia de areia amarelo-ouro que era a mesma da de Marinella. E logo adiante o mar, que ressacava com uma respiração preguiçosa, já pressentindo o ocaso.

À esquerda, ao contrário, corria um muro alto, interrompido por um grande portão de ferro batido, escancarado, do qual partia uma estrada asfaltada que se adentrava por um verdadeiro bosque, muito bem-cuidado, em direção a um palacete que, no entanto, não estava à vista. Ao lado do portão havia uma enorme placa de bronze com um texto em relevo.

Montalbano não precisou atravessar a estrada para ler aquilo que estava escrito.

Entrou de volta no carro e arrancou.

O que Adelina costumava dizer? *"L'omu è sceccu di consiguenza."* Como um jegue que faz sempre o mesmo caminho e a ele se habitua, de igual modo o homem é levado a fazer sempre os mesmos percursos, os mesmos gestos, sem refletir, por hábito.

Mas aquilo que ele acabava de descobrir casualmente e aquilo que Angela lhe dissera podiam constituir provas?

Não, concluiu, absolutamente não. Mas eram confirmações, isto sim.

Às 19h30 ligou a televisão para ouvir o primeiro noticiário.

Disseram que não havia novidades sobre as investigações, que Susanna ainda não tinha condições de colaborar com os investigadores e que estavam prevendo uma multidão enorme nos funerais da pobre senhora Mistretta, embora a família tivesse divulgado que não queria absolutamente ninguém, nem na igreja nem no cemitério. Fora isso, disseram também que o engenheiro Peruzzo desaparecera, para fugir à detenção iminente. Mas a notícia não tivera confirmações oficiais. O noticiário da outra emissora, às 20 horas, repetiu as mesmas coisas, mas em ordem diversa: primeiro a notícia do desaparecimento do engenheiro e depois a informação de que a família desejava fazer funerais privados. Ninguém podia entrar na igreja, ninguém podia ir ao cemitério.

O telefone tocou justamente quando ele ia saindo para ir à trattoria. A fome havia despertado, na hora do almoço ele não comera praticamente nada e o ovo fresco de Angela funcionara como aperitivo.

— Comissário? Aqui... aqui é Francesco.

Montalbano não reconheceu a voz, rouca, hesitante.

— Que Francesco? — perguntou, grosseiro.

— Francesco Li... Lipari.

O namorado de Susanna. E por que falava assim?

— O que houve?

— Susanna...

Interrompeu-se. Montalbano percebeu claramente que ele fungava. Estava chorando.

— Susanna me di... disse...

— Você a viu?

— Não. Mas fi... finalmente ela me aten... atendeu o te... telefone.

E desta vez vieram os soluços.

— Me... me... descul...

— Acalme-se, Francesco. Quer vir à minha casa?

— Não, obri... gado. Não estou... Eu be... bebi. Ela me disse que... que não quer mais me ver.

Montalbano sentiu que gelava, talvez mais do que Francesco. O que significava aquilo? Que Susanna tinha outro homem? E, se ela tivesse outro homem, todos os raciocínios dele, todas as suas suposições iriam para o espaço. Não passariam de ridículas, miseráveis fantasias de um velho comissário que começava a ficar gagá.

— Está apaixonada por outro?

— Pior.

— Pior, como?

— Não há ne... nenhum outro. É um voto, ou melhor, uma decisão que ela tomou quando estava prisioneira.

— Ela é religiosa?

— Não. É uma promessa que fez a si mesma... se conseguisse ser libertada a tempo de rever a mãe ainda viva... vai partir daqui a um mês, no máximo. E falou comigo distante, como se já tivesse partido.

— Disse para onde vai?

— Para a África. Re... renuncia a estudar, renuncia a se casar, a ter filhos, re... renuncia a tudo.

— Mas o que ela vai fazer?

— Quer ser útil. Me disse exatamente assim: "Finalmente vou me tornar útil." Vai por uma organização de voluntariado. Sabia que ela já tinha feito a inscrição dois meses atrás, sem me dizer? Estava comigo e enquanto isso pensava em me deixar para sempre. O que deu nela?

Portanto, não havia nenhum outro homem. E tudo voltava a se encaixar. Mais do que antes.

— Você acha que ela pode mudar de ideia?

— Não, comissário. Se o senhor ouvisse a voz dela... E eu a conheço bem, quando ela toma uma de... decisão... Mas pelo amor de Deus, o que significa isso, comissário? O que significa?

A última pergunta foi um grito. Agora Montalbano sabia muitíssimo bem o que significava aquilo tudo, mas não podia responder a Francesco. Seria complicado demais e, sobretudo, inacreditável. Mas para ele, Montalbano, tudo se tornara mais simples. A balança, que ficara por muito tempo em equilíbrio, agora pendia com toda a força para um lado. Aquilo que Francesco acabava de lhe contar confirmava o acerto do seu próximo movimento. Que devia ser feito de imediato.

Antes de se mover, porém, devia informar Livia. Pousou a mão sobre o fone, mas não o levantou. Ainda precisava conversar consigo mesmo. O que ele faria dali a pouco — perguntou-se

— viria a significar de algum modo que, chegado ao fim, ou quase, da sua carreira, estava renegando, aos olhos dos superiores e aos olhos da própria lei, os princípios aos quais durante anos e anos havia obedecido? Mas, afinal, ele *sempre* respeitara esses princípios? Não tinha havido uma vez em que Livia o acusara asperamente de agir como um deus menor, um deusinho que se comprazia em alterar os fatos ou em dispô-los diferentemente? Livia se enganava, ele não era um deus, absolutamente. Era apenas um homem com um critério pessoal de distinção entre o certo e o errado. E às vezes aquilo que ele imaginava certo resultava errado perante a justiça. E vice-versa. Então, seria melhor estar de acordo com a justiça, aquela escrita nos livros, ou com a própria consciência?

Não, Livia talvez não compreendesse e até seria capaz de levá-lo, falando, à conclusão oposta àquela à qual ele queria chegar.

Melhor escrever para ela. Pegou uma folha de papel, uma esferográfica e começou.

Livia, meu amor,

e não conseguiu continuar. Rasgou a folha e pegou outra.

Livia adorada,

e se bloqueou novamente. Pegou uma terceira folha.

Livia,

e a esferográfica se recusou a prosseguir.

Não, não ia dar. Contaria tudo pessoalmente, quando se revissem, olhando-a nos olhos.

Tomada a decisão, sentiu-se repousado, sereno, desobrigado. Um momento, disse a si mesmo. Esses três adjetivos, "repousado, sereno, desobrigado", não são seus, você está fazendo uma citação. Sim, mas de quê? Esforçou-se por pensar, segurando a cabeça entre as mãos. Depois, armado de sua memória visual, foi diretamente até o alvo. Levantou-se, pegou na estante *O conselho do Egito*, de Leonardo Sciascia e o folheou. Ali estava, na página

122 da primeira edição, de 1966, aquela que ele havia lido aos 16 anos e que sempre conservara, para relê-la de vez em quando.

Era a extraordinária página de quando o abade Vella toma a decisão de revelar ao monsenhor Airoldi um fato que subverterá sua existência, ou seja, que o códice árabe era uma impostura, uma falsificação feita por ele mesmo. Mas, antes de procurar o monsenhor Airoldi, o abade Vella toma um banho e bebe um café. Também ele, Montalbano, se encontrava num ponto de virada.

Sorrindo, despiu-se e meteu-se embaixo do chuveiro. Trocou a roupa toda, inclusive a cueca, vestindo tudo limpo. Para aquela ocasião especial, escolheu uma gravata séria. Depois fez um café e tomou-o com gosto. E desta vez os três adjetivos, "repousado, sereno, desobrigado", lhe pertenceram completamente. Faltava um, porém, que não constava do livro de Sciascia: saciado.

— O que eu posso lhe servir, doutor?
— Tudo.
Riram.

Antipasto di mare, sopa de peixe, um polvinho cozido e temperado com azeite e limão, quatro salmonetes (dois fritos e dois assados), dois copinhos abundantes de um licor de tangerina de nível alcoólico explosivo, orgulho e vanglória de Enzo, o dono da trattoria, que se congratulou com o comissário.

— Vejo que o senhor voltou à forma.
— Obrigado. Me faz um favor, Enzo? Pode me procurar no catálogo os números do doutor Mistretta e escrevê-los para mim num pedaço de papel?

Enquanto Enzo trabalhava para ele, tomou um terceiro copinho com calma. O dono da trattoria voltou e lhe estendeu o papelzinho.

— Por aí estão dizendo uma coisa sobre o doutor.
— Que coisa?

— Que hoje de manhã ele foi ao tabelião para providenciar a doação do palacete onde mora. Vai ficar com o irmão, o geólogo, agora que este enviuvou.

— Sabe-se a quem vai doar o palacete?

— Bah, acho que a um orfanato de Montelusa.

Do telefone da trattoria, Montalbano ligou primeiro para o consultório e depois para a casa do doutor Mistretta. Ninguém atendeu. Decerto o doutor estava na casa do irmão para a vigília fúnebre. E igualmente com certeza na casa só se encontrava a família, sem policiais ou jornalistas. Teclou o número. O telefone tocou demoradamente até que alguém viesse responder.

— Família Mistretta.

— Aqui é Montalbano. É o senhor, doutor?

— Sim.

— Preciso lhe falar.

— Bom, amanhã à tarde nós podemos...

— Não.

A voz do doutor se mostrou desorientada.

— Quer me encontrar agora?

— Sim.

Antes de retomar a palavra, o doutor deixou passar um tempinho.

— Tudo bem, embora sua insistência me pareça inconveniente. Sabia que os funerais são amanhã de manhã?

— Sim.

— Será uma conversa demorada?

— Não sei lhe dizer.

— Onde quer que nos encontremos?

— Eu vou até aí, chego em vinte minutos no máximo.

Ao sair da trattoria, notou que o tempo havia mudado. Nuvens carregadas de água avançavam, vindas do mar.

Capítulo Último

A mansão, vista de fora, estava completamente às escuras, uma massa negra contra o céu negro de noite e de nuvens. O doutor Mistretta havia aberto o portão e ali permanecia, esperando a chegada do carro do comissário. Montalbano entrou, estacionou e desceu, mas ficou no jardim esperando o doutor, que fechava o portão. Uma luz escassa provinha de uma só janela com as venezianas encostadas. Era a do quarto da morta, que o marido e a filha velavam. Uma das duas portas-balcão do salão estava fechada, a outra só encostada, mas a luz que dela chegava até o jardim era fraca, porque a luminária central não tinha sido acesa.

— Venha comigo.

— Prefiro ficar aqui fora. Se chover, então entramos — disse o comissário.

Em silêncio, alcançaram os bancos de madeira e se sentaram como na vez anterior. Montalbano puxou o maço de cigarros.

— Aceita?

— Não, obrigado. Decidi não fumar mais.

Via-se que, por causa do sequestro, tanto o tio quanto a sobrinha tinham feito seus votos.

— O que o senhor tem de tão urgente para me dizer?

— Onde estão seu irmão e Susanna?

— No quarto da minha cunhada.

Teriam aberto a janela para arejar o quarto? Ainda haveria lá dentro aquele pavoroso e insuportável fedor de remédios e doença?

— Eles sabem que eu estou aqui?

— Eu disse a Susanna. Ao meu irmão, não.

De quantas coisas o pobre geólogo havia sido e continuava sendo mantido às escuras?

— E então, vai me dizer?

— Devo fazer uma premissa. Não estou aqui em função oficial. Mas posso estar, se quiser.

— Não entendi.

— Vai entender. Depende das suas respostas

— Então, decida-se a me fazer as perguntas.

E este era o busílis. A primeira pergunta era como um primeiro passo numa estrada sem retorno. Fechou os olhos, até porque o outro não podia vê-lo, e começou.

— O senhor tem um paciente que reside numa casinhola na estrada para Gallotta, um que, pela capotagem do trator...

— Sim.

— Conhece a clínica O Bom Pastor, que fica a 4 quilômetros de...?

— Que perguntas! Claro que a conheço. Vou lá frequentemente. E então? O senhor quer fazer a lista dos meus pacientes?

Não. Nada de lista de pacientes. "L'omu è sceccu di consiguenza." E você naquela noite, dentro do seu fora de estrada, agitadíssimo pelo que está fazendo, com o coração aos saltos, tendo de largar o capacete e a mochila em dois pontos diferentes, que estradas pega, senão aquelas que já conhece? Quase lhe parece que não é você quem está guiando o carro, mas é o carro que o está guiando...

— Queria simplesmente fazê-lo notar que o capacete de Susanna foi encontrado no atalho que leva à casinhola do seu paciente, ao passo que a mochila foi localizada quase diante do portão da clínica O Bom Pastor. Sabia disso?

— Sim.

Maria Santíssima, que passo em falso! Jamais esperaria isso.

— E como soube?

— Pelos jornais, pela televisão, não me lembro.

— Impossível. Jornais e televisões nunca falaram desses achados. Conseguimos não deixar transpirar nada.

— Espere! Agora me lembrei! Foi o senhor quem me disse, quando estávamos sentados aqui, neste mesmo banco!

— Não, doutor. Eu lhe disse que esses objetos tinham sido encontrados, mas não lhe disse onde. E sabe por quê? Porque o senhor não me perguntou.

E esse havia sido o fio solto, que ele percebera como uma espécie de incômodo e, na hora, não tinha sabido explicar. Uma pergunta que seria natural fazer e que no entanto não fora feita. Que até impedia o discurso de fluir naturalmente, como uma linha saltada numa página. Pois se até Livia lhe perguntara onde ele tinha encontrado o romance de Simenon! E a omissão se devia ao fato de que o doutor sabia muitíssimo bem onde tinham sido deixados capacete e mochila.

— Mas... mas comissário! Pode haver dezenas de explicações sobre o porquê de eu não lhe perguntar onde! Faz ideia do estado de espírito em que eu me encontrava? O senhor quer construir sei lá o quê, sobre um debilíssimo fio de...

— ...teia de aranha, não é? O senhor não sabe o quanto sua metáfora vem a calhar. Imagine que, inicialmente, minha construção se apoiou num fio ainda mais débil.

— Se o senhor é o primeiro a admitir...

— Sim. E se refere ao comportamento de sua sobrinha. Uma coisa que Francesco me contou. O ex-namorado dela. Sabia que Susanna o deixou?

— Sim. Ela já havia me falado.

— É um assunto delicado. Eu o enfrento com uma certa relutância, mas...

— Mas tem de fazer o seu trabalho.

— E o senhor acha que, se estivesse fazendo o meu trabalho, eu me comportaria deste modo? A frase que eu ia lhe dizer terminava assim: mas quero conhecer a verdade.

O doutor não replicou.

E nesse momento uma figura feminina se perfilou na soleira da porta-balcão, avançou um passo e estacou.

Cristo, o pesadelo reaparecia! Era uma cabeça sem corpo, os longos cabelos louros, suspensa no ar! Igualzinha àquela que ele tinha visto no centro da teia de aranha! Mas de repente compreendeu que Susanna estava vestida de preto, em luto fechado, e a roupa se confundia com o escuro da noite.

A moça recomeçou a caminhar, aproximou-se deles e se sentou num banco. Naquele ponto a luz não chegava, os cabelos podiam apenas ser adivinhados, um ponto menos denso de escuridão. Ela não cumprimentou. E Montalbano resolveu prosseguir como se ela não estivesse ali:

— Como acontece entre namorados, Susanna e Francesco tinham relações íntimas.

O doutor se agitou, constrangido.

— Mas o senhor não tem nenhum direito de... E também, que importância tem isso para suas indagações? — perguntou, irritado.

— Tem importância, sim. Veja bem, Francesco me disse que era sempre ele quem pedia, entende? No entanto, na tarde do dia do sequestro, foi ela quem tomou a iniciativa.

— Sinceramente, comissário, não consigo entender o que o comportamento sexual da minha sobrinha tem a ver. Me pergunto se o senhor está delirando ou se tem consciência do que diz. Volto a perguntar: que importância tem isso?

— É importante. Francesco, quando me contou, disse que Susanna talvez tivesse tido um pressentimento... mas eu não acredito em pressentimentos, era outra coisa.

— O que era, em sua opinião? — perguntou o doutor, sarcástico.

— Uma despedida.

O que dissera Livia na noite anterior à partida? "Estas são as últimas horas que passamos juntos. E não pretendo desperdiçá-las." Ela quisera fazer amor. E tratava-se apenas de uma separação breve, entre eles dois. Mas e se a despedida de Susanna fosse um longo e definitivo adeus? Porque já estava claro na cabeça da jovem a ideia de que seu projeto, quer acabasse bem, quer acabasse mal, comportava inevitavelmente o fim do amor deles dois. Aquele era o preço, infinitamente alto, a pagar.

— Porque, dois meses antes, ela já havia se candidatado a ir para a África. Dois meses. Seguramente, desde quando lhe veio à mente aquela outra ideia.

— Mas que ideia? Comissário, não acha que está abusando de...

— Estou lhe avisando — disse Montalbano, gélido. — O senhor está errando tanto as perguntas quanto as respostas. Eu vim aqui na intenção de conversar com as cartas na mesa, de lhe falar sobre minhas suspeitas... ou melhor, sobre minha esperança.

Por que havia usado essa palavra, "esperança"? Porque era ela que havia feito a balança pender toda para um lado, a favor de Susanna. Porque era essa palavra que o convencera definitivamente.

O doutor estranhou completamente aquele termo e não foi capaz de dizer nada. E no silêncio, vinda da sombra, pela primeira vez chegou a voz da jovem, uma voz hesitante mas como que cheia da esperança, justamente, de ser compreendida até a raiz do coração:

— O senhor disse... esperança?

— Sim. De que uma extrema capacidade de odiar queira verdadeiramente se transformar em extrema capacidade de amar.

Do banco onde a moça estava sentada ouviu-se uma espécie de soluço, logo interrompido. Montalbano acendeu um cigarro e viu, à luz do isqueiro, que sua mão tremia levemente.

— Quer um? — perguntou ao doutor.

— Eu já lhe disse que não.

Eram firmes em seus propósitos, os Mistretta. Melhor assim.

— Eu sei que não houve nenhum sequestro. Naquela noite, na volta para casa, Susanna, a senhorita fez um caminho diferente, a trilha pouquíssimo frequentada, onde seu tio a esperava com o carro *off-road*. Deixou a motoneta, entrou no carro e se encolheu ali dentro. Dirigiram-se à mansão do doutor. Ali, naquela construção ao lado da casa, os dois já tinham preparado tudo com antecedência: as provisões, um leito. A faxineira não tinha razão alguma para botar os pés lá dentro. E também, a quem ocorreria procurar a sequestrada na casa do tio? E ali gravaram as mensagens. Aliás, doutor, o senhor, disfarçando a voz, falou de bilhões: quando se chega a uma certa idade, é difícil se habituar a calcular em euros. Ali bateram a foto com polaroide e o senhor escreveu no verso aquela frase, procurando o melhor jeito de tornar compreensível sua grafia, que, como a de todos os médicos, é ilegível. Eu nunca entrei naquela construção, doutor, mas poderia lhe dizer com certeza que há uma extensão telefônica instalada recentemente...

— Como é que o senhor sabe? — perguntou Carlo Mistretta.

— Sei disso porque os senhores tiveram uma ideia genial para desviar eventuais suspeitas. Aproveitaram a ocasião que se apresentou. Susanna, ao saber que eu viria à sua casa, doutor, fez o telefonema com a mensagem gravada, aquela com o valor do resgate, quando eu estava lá conversando com o senhor. Mas eu ouvi, e na hora não compreendi, o som que uma extensão faz quando se tira o fone do gancho. De resto, é fácil ter a confirmação, basta perguntar à companhia telefônica. E isso poderia vir a ser uma prova, doutor. Quer que eu prossiga?

— Sim.

Mas tinha sido Susanna a responder.

— Sei também, porque o senhor me disse, doutor, que naquela construção existe um lagar em desuso. E o lagar deve ter forçosamente um vão contíguo onde fica o tanque de fermentação do mosto. Sou capaz de apostar que esse vão é dotado de uma janela. Que o senhor, doutor, abriu para bater a foto, pois era dia. Para iluminar melhor o interior do tanque, também usou uma lâmpada de mecânico. Mas os dois esqueceram um detalhe dessa encenação, que no geral foi acurada, convincente.

— Um detalhe?

— Sim, doutor. Na foto polaroide, bem na borda do tanque, aparece uma espécie de rachadura. Mandei ampliar esse detalhe. Não é uma rachadura.

— O que é?

Sentiu que Susanna também estivera prestes a fazer essa pergunta. Ainda não percebiam o erro cometido. Intuiu o movimento da cabeça do doutor em direção a Susanna, a interrogação que devia haver nos olhos dele, mas que não se podia ver.

— É um velho termômetro para mosto. Irreconhecível, coberto de teias espessas, enegrecido, incrustado na parede, praticamente unificado com ela. E, por isso, invisível aos olhos dos senhores. Mas está ali, ainda está ali. E esta é a prova definitiva. Bastará que eu me levante, vá lá dentro, pegue o telefone, convoque dois dos meus homens para vigiá-los, peça ao magistrado a autorização e vá revistar sua mansão, doutor.

— Será um belo passo à frente na sua carreira — comentou Mistretta, sarcástico.

— Mais uma vez, o senhor está completamente enganado. Minha carreira não tem mais passos a dar, nem à frente nem atrás. O que eu estou tentando fazer, não o faço pelo senhor.

— Então, é por mim?

A voz de Susanna estava como que maravilhada.

Sim, por você. Porque fiquei fascinado pela qualidade, pela intensidade, pela pureza do seu sentimento de ódio, fui capturado pela danação que é capaz de passar pela sua cabeça, pela frieza e coragem e paciência com que você executou o que queria, pela sua lucidez em calcular o preço a pagar e por sua disposição a pagá-lo. E também o faço por mim, porque não é justo que haja sempre quem padece e quem desfrute ao preço do padecimento dos outros e com o favor da assim chamada lei. Pode um homem, já chegado ao fim de sua carreira, rebelar-se contra um estado de coisas que ele contribuiu para manter?

E, como o comissário não respondia, a jovem disse uma coisa que não era sequer uma pergunta.

— A enfermeira me contou que o senhor quis ver minha mãe.

Eu quis vê-la, sim. Vê-la em sua cama, transfigurada, já não um corpo mas quase uma coisa, uma coisa, porém, que se lamentava, que sofria horrivelmente... Eu quis ver, mas naquele momento não o compreendia claramente, o lugar onde seu ódio, Susanna, começou a se enraizar, a crescer desenfreado à medida que crescia no quarto o bafio dos remédios, dos excrementos, do suor, da doença, do vômito, do pus, da gangrena que havia devastado o coração daquela coisa que estava na cama, o ódio com o qual você contagiou quem lhe estava perto... não, seu pai não, seu pai nunca soube de nada, nunca soube que era tudo fingimento, e dolorosamente se angustiou por aquilo que ele acreditava ser um sequestro real... mas também este era um preço a pagar e a fazer pagar, porque o verdadeiro ódio, como o amor, não se detém nem mesmo diante do desespero e do pranto de quem é inocente.

— Eu queria compreender.

Do lado do mar, começou a trovejar. Os relâmpagos estavam distantes, mas a água se aproximava.

— Porque a ideia de se vingar do seu tio, o engenheiro, começou a ganhar corpo ali dentro, numa daquelas terríveis noites que a senhorita passava assistindo sua mãe. Não foi, Susanna? Primeiro deve ter lhe parecido um efeito do cansaço, do desalento, do desespero, mas era uma ideia cada vez mais difícil de cancelar. E então, quase para enganar o tempo, a senhorita começou a pensar em como podia realizar aquela ideia fixa. Definiu o plano, noite após noite. E pediu ajuda ao seu tio porque...

Pare. Esse porquê, você não pode dizer. Veio-lhe à cabeça neste exato momento, você deveria refletir antes de...

— Pode falar — disse, manso mas firme, o doutor. — Porque Susanna havia compreendido que eu sempre fui apaixonado por Giulia. Um amor sem esperança, mas que me impediu de ter uma vida minha.

— E assim, doutor, o senhor colaborou fervorosamente para a destruição da imagem do engenheiro Peruzzo. Com uma direção perfeita da opinião pública. E o golpe de misericórdia foi a substituição da maleta de dinheiro pela bolsa cheia de papel velho.

Começou a chuviscar. Montalbano se levantou.

— Mas antes de ir embora, pela minha consciência...

A voz tinha lhe saído solene demais, mas ele não conseguiu mudá-la.

— Pela minha consciência, não posso permitir que aqueles 6 bilhões fiquem para...

— Para nós? — completou Susanna. — O dinheiro não está mais aqui. Não retivemos nem mesmo a quantia que foi emprestada pela mamãe e nunca restituída. O tio Carlo providenciou tudo, com a ajuda de um paciente dele que não falará nunca. Os valores foram subdivididos e já transferidos em grande parte para o exterior. Creio que estão chegando, anonimamente, a umas cinquenta organizações assistenciais. Se o senhor quiser, eu vou lá dentro e pego a lista para lhe mostrar.

— Bom — disse o comissário. — Já vou indo.

No escuro, percebeu que o doutor e a jovem também se levantavam.

— O senhor irá amanhã ao funeral? — perguntou Susanna.

— Eu gostaria que...

— Não — disse o comissário. — Desejo apenas que a senhorita não traia a esperança.

Compreendeu que estava dizendo palavras de velho, mas desta vez nem ligou.

— Boa sorte — completou ele, em voz baixa.

Deu as costas aos dois, seguiu até o carro, abriu, ligou, arrancou, mas diante do portão fechado teve de parar. Viu chegar a moça sob a chuva agora forte, os cabelos dela pareceram se incendiar como fogo quando bateu neles a luz dos faróis. Susanna abriu o portão sem se virar para olhá-lo. E ele tampouco voltou a cabeça.

Na estrada para Marinella, a água passou a cair em cascatas. A certa altura ele teve de parar, porque os limpadores de para-brisa não davam conta. Depois a chuva cessou, de chofre. Ao entrar na sala de jantar, ele percebeu que havia deixado aberta a porta-balcão da varanda e o pavimento ficara todo molhado. Devia tratar de secá-lo. Acendeu a luz de fora e saiu. O violento aguaceiro havia levado embora a teia de aranha, os ramos estavam limpos, limpos, estrelados de gotinhas.

Nota

Este é um romance completamente inventado, ao menos assim espero.

Por isso, os nomes e sobrenomes dos personagens, os nomes de empresas e sociedades, as situações e as vicissitudes do livro não têm relação com a realidade.

Se alguém encontrar alguma referência a fatos realmente acontecidos, posso assegurar que não foi intencional.

A.C.

títulos da COLEÇÃO NEGRA

MISTÉRIO À AMERICANA
org. e prefácio de DONALD E.

BANDIDOS
ELMORE LEONARD

NOTURNOS DE HOLLYWOOD
JAMES ELLROY

O HOMEM SOB A TERRA
ROSS MACDONALD

O COLECIONADOR DE OSSOS
JEFFERY DEAVER

A FORMA DA ÁGUA
ANDREA CAMILLERI

O CÃO DE TERRACOTA
ANDREA CAMILLERI

DÁLIA NEGRA
JAMES ELLROY

O LADRÃO DE MERENDAS
ANDREA CAMILLERI

ASSASSINO BRANCO
PHILIP KERR

A VOZ DO VIOLINO
ANDREA CAMILLERI

A CADEIRA VAZIA
JEFFERY DEAVER

UM MÊS COM MONTALBANO
ANDREA CAMILLERI

METRÓPOLE DO MEDO
ED MCBAIN

A LÁGRIMA DO DIABO
JEFFERY DEAVER

SEMPRE EM DESVANTAGEM
WALTER MOSLEY

O VÔO DAS CEGONHAS
JEAN-CHRISTOPHE GRANGÉ

O CORAÇÃO DA FLORESTA
JAMES LEE BURKE

DOIS ASSASSINATOS EM MINHA VIDA DUPLA
JOSEF SKVORECKY

O VÔO DOS ANJOS
MICHAEL CONNELLY

CAOS TOTAL
JEAN-CLAUDE IZZO

EXCURSÃO A TÍNDARI
ANDREA CAMILLERI

NOSSA SENHORA DA SOLIDÃO
MARCELA SERRANO

SANGUE NA LUA
JAMES ELLROY

FERROVIA DO CREPÚSCULO
JAMES LEE BURKE

MISTÉRIO À AMERICANA 2
org. de LAWRENCE BLOCK

A ÚLTIMA DANÇA
ED MCBAIN

O CHEIRO DA NOITE
ANDREA CAMILLERI

UMA VOLTA COM O CACHORRO
WALTER MOSLEY

MAIS ESCURO QUE A NOITE
MICHAEL CONNELLY

TELA ESCURA
DAVIDE FERRARIO

POR CAUSA DA NOITE
JAMES ELLROY

GRANA, GRANA, GRANA
ED MCBAIN

RÉQUIEM EM LOS ANGELES
ROBERT CRAIS

ALVO VIRTUAL
DENISE DANKS

O MORRO DO SUICÍDIO
JAMES ELLROY

SEMPRE CARO
MARCELLO FOIS

REFÉM
ROBERT CRAIS

CIDADE DOS OSSOS
MICHAEL CONNELLY

O OUTRO MUNDO
MARCELLO FOIS

MUNDOS SUJOS
JOSÉ LATOUR

DISSOLUÇÃO
C.J. SANSOM

CHAMADA PERDIDA
MICHAEL CONNELLY

GUINADA NA VIDA
ANDREA CAMILLERI

SANGUE DO CÉU
MARCELLO FOIS

PERTO DE CASA
PETER ROBINSON

LUZ PERDIDA
MICHAEL CONNELLY

DUPLO HOMICÍDIO
JONATHAN E FAYE KELLERMAN

ESPINHEIRO
Thomas Ross

CORRENTEZAS DA MALDADE
Michael Connely

BRINCANDO COM FOGO
Peter Robinson

FOGO NEGRO
C. J. Sansom

A LEI DO CÃO
Don Wislow

MULHERES PERIGOSAS
org. de Otto Penzler

CAMARADAS EM MIAMI
José Latour

O LIVRO DO ASSASSINO
Jonathan Kellerman

MORTE PROIBIDA
Michael Connelly

A LUA DE PAPEL
Andrea Camilleri

ANJOS DE PEDRA
Stuart Archer Cohen

CASO ESTRANHO
Peter Robinson

UM CORAÇÃO FRIO
Jonathan Kellerman

O POETA
Michael Connelly

A FÊMEA DA ESPÉCIE
Joyce Carol Oates

A CIDADE DOS VIDROS
Arnaldur Indridason

O VÔO DE SEXTA-FEIRA
Martin W. Brock

A 37ª HORA
Jodi Compton

CONGELADO
Lindsay Ashford

A PRIMEIRA INVESTIGAÇÃO DE MONTALBANO
Andrea Camilleri

SOBERANO
C. J. Sansom

TERAPIA
Jonathan Kellerman

A HORA DA MORTE
Petros Markaris

PEDAÇO DO MEU CORAÇÃO
Peter Robinson

O DETETIVE SENTIMENTAL
Tabajara Ruas

DIVISÃO HOLLYWOOD
Josheph Wambaugh

UM DO OUTRO
Philip Kerr

GARGANTA VERMELHA
Jo Nesbø

SANGUE ESTRANHO
Lindsay Ashford

PILOTO DE FUGA
Andrew Vachss

CARNE E SANGUE
John Harvey

IRA
Jonathan Kellerman

CASA DA DOR
Jo Nesbø

O MEDO DE MONTALBANO
Andrea Camilleri

O QUE OS MORTOS SABEM
Laura Lippman

UM TÚMULO EM GAZA
Matt Rees

EM RISCO
Stella Rimington

LUA FRIA
Jeffery Deaver

A SOLIDARIEDADE DOS HOMENS
Jodi Compton

Este livro foi composto na tipologia Chaparral Pro Light,
em corpo 11,3/15,4, e impresso em papel off-white 80g/m²
no Sistema Cameron da Divisão Gráfica
da Distribuidora Record.